"大写新时代"原创长篇精品丛书

向着春天

黄荣才 著

海峡出版发行集团 | 海峡文艺出版社

图书在版编目(CIP)数据

向着春天/黄荣才著. —福州:海峡文艺出版社,2022.7
ISBN 978-7-5550-2963-2

Ⅰ.①向…　Ⅱ.①黄…　Ⅲ.①长篇小说—中国—当代　Ⅳ.①I247.5

中国版本图书馆CIP数据核字(2022)第080038号

向着春天

黄荣才　著
出 版 人　林滨
责任编辑　谢曦
编辑助理　吴飔茉
出版发行　海峡文艺出版社
经　　销　福建新华发行(集团)有限责任公司
社　　址　福州市东水路76号14层
发 行 部　0591—87536797
印　　刷　福建东南彩色印刷有限公司
厂　　址　福州市金山浦上工业区冠浦路144号
开　　本　720毫米×1010毫米　1/16
字　　数　140千字
印　　张　10.5
版　　次　2022年7月第1版
印　　次　2022年7月第1次印刷
书　　号　ISBN 978-7-5550-2963-2
定　　价　38.00元

目 录

第一章　望闻问切

1

“何局长，你的算术学得如何?”陈一关瞥了一眼农业局局长何东甲。何东甲心里一动，没有马上回答。

何东甲记得陈一关曾经问过这话，当时陈一关刚到任没多久，何东甲记得陈一关问这句话的时候，县委书记吴高仁在场，当时吴高仁不说话，只是满脸笑容地看着何东甲和陈一关对话，何东甲当时心里就突然闪过一个念头，觉得吴高仁的笑容高深莫测。何东甲明白陈一关说这句话绝对不是没话找话，看看坐在陈一关面前的财政局局长，何东甲知道陈一关问自己的算术学得如何，用意肯定和问财政局局长不同，相同的是应该都和数据有关。

陈一关是从某省直部门下派到西水县挂职，任县委常委、副县长，用吴高仁当时的介绍，陈一关是崭新的领导，闪烁着从省城而来的光芒。何东甲不敢小觑，他迟疑了一下，没有马上回答。宁愿答慢，也不乱答，这是何东甲坚持的一个原则，如果方向错了，越快就越离谱。

“何局长，你今天穿几件衣服?”何东甲脑袋里正在盘旋算术问题，陈一关又跳了话题。何东甲看了看自己身上唯一的衬衫，他知道陈一关问的依然不是衣服。何东甲记得陈一关刚到任没几天的时候说过，有些人身上兼着多个职位，就像一个人穿着多件衣服，在什么场合穿什么衣服，要讲究，还要合适得体，陈一关问自己穿几件衣服，绝对另有所指。瞄一眼陈一关手上的报表，事关脱贫攻坚，何东甲豁然明白，陈一关问自己算术如何，应该和脱贫攻坚的数字有关。

陈一关也不再绕弯，“有个问题我记得曾经请教过何局长，问何局长小学算术学得如何。当时何局长说自己几乎都是满分，一段时间了，我还是想问问，何局长的答案是否有所改变。”

何东甲心中有果然如此的感慨。他斟酌了一下说：“我当时就知道陈常委说这句话不是随口说说，另有深意，所以回去后苦思冥想，多方论证这道题的多种解法。我知道陈常委说的应该和数字有关，就从近期农业局的报表入手，后来加上偶然被其他领导点到，豁然明白陈常委说的是生猪养殖整治的报表出了问题。”看陈一关点点头，何东甲松了一口气，问题终于找到了答案，有答案就好办，就不会大海捞针。何东甲继续汇报：“这份报表有两张，一张是全县生猪养殖点和存栏数，一张是各乡镇已拆除养殖点以及当前未拆除数，单张看没问题，两张放一起，问题很大。好几个乡镇已拆的数据比总量的数据还大，更别说后面还有未拆的。虽然这些数据是各乡镇提供，但农业局作为业务部门，没有及时发现问题督促整改，这是自己不对，也不宜再把责任推给分管副局长或者具体干部。这就像老师批改作业，学生做错了，但老师没有发现、没有改正就不行。批改、批改，要批更要改。我已经明白当时陈常委为什么不说数学而说算术，所以随后做了认真整改，当然这整改不可能一步到位，改数字容易，真正改到位需要时间。”

陈一关点了点头，“看来何局长还是意识到位，能够找出问题，也准备就问题开展整改，我就不再说这个，这个话题我们另外再探讨。我今天要问你这个兼任的扶贫办主任另外几道算术题，就是我们县现在的贫困人口是多少？建档立卡贫困户户数多少？对象是否精准？数据是否准确？我不希望到时候发现你的算术是跟体育老师学的。也不能这么说，否则你的体育老师会急。”何东甲不好意思笑，他知道陈一关是严肃的，不是开玩笑，领导以开玩笑的口吻说事可以，但其中的深意属下要理解到位，而且不能以玩笑回应。何东甲在职场多年，深切明白这个道理。“三大攻坚战，脱贫攻坚战压力很大，我们要怎么做？你今天也不用急着回答我，如果这么容易解决，就不是难题，就不用攻坚了。回去好好想一想，改天我们好好聊聊，选一两个点，我们先去看看。这次不仅仅事关算术学得如何，我们还要学中医看病，望闻问切一起上。我是中医世家出身，从小除了背各种药方之外，听到最多的就是望闻问切，这四个字不仅仅适合诊断，也适合许多工作。”何东甲意识到这次调研也许会和往常的不太一样。

何东甲离开后，陈一关坐在自己的位置上，敲了敲自己的脑袋：“屁股指挥脑袋，这句话不错。”想想自己，原来在省直部门，考虑的是制定政策或者各类实施细则，某种意义上就是制定或者细化各类规则，到了县里，就是要在各类规则内抓具体工作，体现工作成效。他以前是裁判员，现在更多的是运动员。就像县委书记吴高仁所说，自己在乡镇、县直部门、工业园区主任、副县长、常务副县长，一直到县委书记，觉得自己就是一只小鸟，在不同的枝条跳来跳去，虽然停歇的枝条不同，但都要唱歌，还要唱好，也就是要悦耳，同时要考虑跳跃的姿势，还不能乱拉鸟屎，否则一不注意，就会被称“晦气”，也许“生鸡蛋没放鸡屎有”这句话就会被改为“生鸟蛋没放鸟屎有”。当时陈一关听吴高仁说完，哈哈大笑，说：“当一只鸟不容易，当一只好鸟更不容易。看来我得好好唱歌，好好跳跃，可不能当一只连鸟屎都不拉的小鸟。”

吴高仁没有告诉陈一关，其实当年他从县人大常委会副主任转到常务副县长的时候，曾经和老婆有过一次对话，不过那不是关于好鸟还是坏鸟的话题，而是关于萝卜和坑的问题。吴高仁宣布担任常务副县长的当天，和老婆念叨着“两点之间，直线距离最短”这句他引为经典的话，吴高仁的老婆笑着说，“你这不是直线，是同心圆，绕来绕去，依然是这个轨迹，只是频率略有不同。反正你都是吴副，算起来也差不多。”

“那不同。”吴高仁笑道，“之前的吴副，虽然受县委书记委托，代管水环境整治，但多少有点在其位不谋其政的感觉，人大常委会副主任却管着副县长的活，我这个萝卜没错，但那坑不是我的坑，我是飘在坑的上方，自己都底气不足，现在至少算安在坑里面。是不是自己的坑，对于坑一样，但对萝卜不一样。”

老婆笑道：“我发现你的理论越来越多，一套一套，幸亏这个萝卜不论怎样换坑，但都没有换老婆，这就是好同志，只是我也不知道你是不是有动过在这方面换坑的念头？如果有，要提前透露，避免哪天我知道了，你已经成为别人的萝卜。”

吴高仁赶紧叫道：“停，停，停。我今天怎么听出有敲打的味道，也感觉到一向沉稳的你居然有了一丝丝不自信？这你大可放心，我永远是你的萝卜。”

“行，我就是随口感慨，你不用紧张，只要你不是花心大萝卜，对于我来说，就是好萝卜。”闻言，吴高仁赶紧停下有关萝卜的讨论。“怎么不说话了？”面对老婆的问话，吴高仁笑笑：“当领导要善于掌握节奏和气场。”

陈一关带队调研脱贫攻坚的时候，听从何东甲建议，先拐到竹头养殖场整体搬迁项目建设现场。这是一个水环境整治项目，陈一关刚到西水县没几天的时候就曾经来过一次。环保局局长陈东明和竹头养殖场老板陈水生都在，各项工作紧锣密鼓推进。陈一关说：“陈局最近很积极，值得表扬。”陈东明说：“口头表扬没什么含金量，陈常委这句话就是几声掌声，在这空旷的场所呱唧呱唧几声没有什么声响，我现在就是做好分内的事情，但既然是这个项目的一部分，就希望陈常委来点实际的，项目款尽快到位，县里配套部分抓紧落实。”

陈一关和陈东明的关系有点故事。他们两个几年前曾经在某个培训班同班，属于“一起同过窗”，而且当时就谈得来，培训结束还一直保持联系。陈一关到任之后，第一时间就找了陈东明，但那时候陈东明意志消沉，做事应付了事，缺乏激情和思路。陈一关曾经把陈东明叫到办公室，关起门来大骂一顿，差点指着陈东明的鼻子说：“一个萝卜一个坑，如果你占着坑却不干事，就不是一个好萝卜。”用陈东明的话说，自己这个萝卜也曾经热血沸腾，想当个好萝卜，但后来因为某件事没有做好，差点就被吴高仁从坑里给拔出来，扔到哪个旮旯里。陈东明见到吴高仁就像老鼠见到猫，能躲就躲，同时也认为自己被吴高仁惦记上了，属于“死泥鳅翻不了身”，尤其吴高仁当上了县委书记，陈东明更是长叹一声“命里八升莫求一斗”，干脆就混日子，得过且过。

陈一关听说了陈东明的事情，把陈东明叫到办公室臭骂一顿，用陈东明的话说叫“当头棒喝”。后来陈东明认真做事，说自己被陈一关骂醒了。吴高仁认为陈东明重新“活”过来，加上陈一关选择合适机会多次替陈东明说话，吴高仁对陈东明也消除了芥蒂，多次在不同场合表扬过陈东明。陈东明认为是陈一关拉了自己一把，心理距离就近了，在陈一关面前说话也就随便了。陈东明的老婆笑话陈东明不可思议，都这把年纪的老男人了，居然会为了另外一个老男人的几句表扬像打了鸡血一样兴奋，起早摸黑地拼命工作。陈东明说：“我想退休后留个美名而不是骂名，想留名最简单的办法就是做事，吴书记有句名言：‘政府官员和群众口碑这两点之间，直线距离最短，就是做事，做实事，做好事’。”

陈东明和老婆说的话陈一关不知道，但陈东明在项目现场的话让陈一关大笑，对着何东甲和陈东明说：“看看你们两个，不知道的话，以为你们两个局长唱双簧，挖坑让我往里跳。行，该我的我不推辞，该你们的你们不能趴窝，我还指望这个养殖场能消化一些贫困人口。脱贫攻坚是个大工程，医疗、教育、保险、产业等，其中一个是造血，这才有主动性，输血总是被动，不是简单送送油、送送米那么简单，这些道理大家都懂，关键是怎么做。”

到了田边镇，陈一关随手翻了翻那一沓沓整齐的台账，就放下来，说：“这些就让业务人员去看，镇长也不必在这里汇报，我们直接到村里走一走，眼见为实。”陈一关一行去看一个贫困户，进门前，周见山镇长汇报该贫困户户主已经73岁，父母很早去世，家庭很穷，48岁的时候才娶老婆，老婆小他十几岁，智力有点问题，而且患有先天性关节炎，常年卧床，所生的一男一女倒是健康，女儿已经出嫁，儿子17岁，初中毕业后外出打工，工资基本只够自己生活。老人平时就靠家里几十棵果树带来的收入过日子，女儿出嫁后经济也一般，每年给父母一点钱。老人还有个堂侄，对老人不错，也会给老人一些钱。现在这对老夫妻是低保户，纳入政府保障。陈一关点点头，进门后看到饭桌边上的墙壁上，贴有一张小卡片，写着挂钩帮扶人的姓名、单位、职务和联系电话。

陈一关问道：“你们镇长有没有来过你们家？镇长叫什么名字知道吗？”

“没有，没有。我不认识。”老人有点紧张，连连摇头，陈一关不说，回头看周见山，周见山刚要解释，陈一关摇头，指着周见山问老人：“这个人你认识不认识？”

“这个人认识，政府的，来过我家很多次了。”周见山才松了一口气。陈一关又问老人：“他有没有和你制订什么发展计划啊？”老人摇头：“我听不懂，什么计划？计划生育吗？我老婆身体不好，不能结扎，当时政府同意的。”

陈一关看老人着急的样子，摇摇手，说：“就是他来你们家的时候，有没有和你谈谈你们家的事情，比如你儿子是要打工还是回来种水果？你儿子要不要换一个赚钱多一些的地方打工什么的？”“有啊，有啊，跟我们说了很多次，可是小孩子年纪还小，又读书少，他今年还帮我儿子找了一个地方，去学修理汽车，说学会修理汽车以后挣钱就多了。”陈一关和老人又聊了一会，转身离开。

到了门口，看到周见山还一脸紧张，陈一关笑道：“今天把镇长吓了一跳，所以和村民交流，要知道用什么方式，不少贫困户文化水平都比较低下，交流要接地气，不要拿着个喇叭在天上吹。要用老百姓听得懂的语言，要敢于亮出身份，要不然你那卡片再怎么贴都没有用，我看墙壁上的卡片挂钩人姓名写的就是你周见山。”陈一关又说起一件事，“我去看过一个贫困户，他就是聋哑人，你跟他说什么，他都是竖着大拇指咿咿呀呀。这种人如果你还在帮扶手册上填写和他交流多少次、制订什么发展计划就是胡说八道，就是典型的形式主义。”

陈一关正说话，有个中年人走过来，人还没到，就叫道：“领导，今天来送油送米吗？要不要去我家？不去也没关系，米和油我自己拿回去就好，省得你们走路。”村主任赶快走过去，把这个中年男人拉走，不等陈一关发问，周见山就解释说：“这个人叫陈可齐，好吃懒做，整天在村里晃来晃去，看到有干部前来就讨救助慰问，村里人都叫他‘没用丁’。”

2

陈一关再次来到田边镇，身份已经变化，他被正式任为中共田边镇党委副书记。这个职务不在陈一关挂职的议题之内，用陈一关的话说，这个副书记是他找县委书记吴高仁要来的，他的理由就是挂职要真挂，虽然从省直部门到县里，已经下沉了一段距离，但是还不够，他要真正深入基层，这样才能沉到实处，摸到实情，真实体验。吴高仁在县委常委会上专门转述陈一关的原话，称赞陈一关同志是“挂真钩”“挂实钩”，值得肯定，必须支持。陈一关说自己是个中医世家出身，医生看病要望闻问切，如果连病人都没看到，只是坐在办公室里凭空开药方，不仅无从谈起如何治病，还可能因此开错药方耽误治疗，因此自己要避免飘在半空。陈一关的话被吴高仁称为“高见”，这是吴高仁私下调侃陈一关的话，说他从省里下来挂职，站位比较高，说的话属于高站位的见解，简称“高见”。

陈一关到了镇里，和镇党委书记卓可以及镇长周见山打了个招呼，说自己现在不是县领导下来调研，而是镇领导班子的一个成员，按照分工分管脱贫攻坚。现在自己要先到处转转，要先“望、闻、问”，然后才是“切”，先从村做起，然后再考虑介入全镇的事情，继而参与全县工作。卓可知道陈一关不是客气，就叫扶贫办主任小鲁带陈一关到处转转，“陈常委要看什么你都要及时协调，提供到位。”

陈一关的第一站是坑头村，就是上次他和何东甲去的那个村。车辆刚在村口停下来，陈可齐就凑上来，好像他在哪个角落猫着，看到有领导来就马上蹿出来，及时到位。

“领导，今天来送油送米吗？要不要去我家？有我的我自己拿回去就好，省得你们走路。”这句话陈一关已经听了第二遍，陈一关制止想驱赶陈可齐的小鲁，定定地看着陈可齐，还转了一圈，陈可齐被看得有点紧张，说：“领导，领导，您这样看着我是什么意思？”陈一关说：“我看了，你身上零件齐全，没有缺什么东西啊。”陈可齐有点意外，顺口就说：“那当然，我还不疯不傻，完全正常。”

在来坑头村的路上，陈一关专门问了小鲁有关陈可齐的情况。陈可齐的父母早已经去世，家里原来就他和哥哥两个人，陈可齐不外出打工，平时就靠低保户的补助过日子，外加几十棵果树和养一群鸡鸭，主要事情就是在家照顾残疾的低保户哥哥。哥哥前年去世，但他也不想打工挣钱，缠着挂钩干部村说他照顾哥哥多年，耽误了自己的生活，原来哥哥的低保户要让他继续享受。他整天在村里晃来晃去，看到有干部前来就讨救助慰问，要到慰问品还常常拿去换酒喝。

陈一关吸了吸鼻子，点点头："嗯，你知道自己不疯不傻，不错。一大早你还喝酒啊？"

陈可齐有点不好意思，"我就喝一点，就喝一点。"

"走吧，去你家看看。"见陈一关开口，陈可齐很高兴，自觉站到车辆后面，眼巴巴地看着后备厢。

"走啊，你带路啊。"

"啊，这个这样啊，我以为要拿东西我自己来，哪能让领导动手呢。"陈可齐有点尴尬。

"今天没东西，先去你家看看。"

听说没东西，陈可齐的劲头一下子下来了，好像烈日下的禾苗，有点蔫。

到了陈可齐家，他随手推开虚掩的木门，木桌上，看得出早餐的碗筷都没有收拾，随意地放在桌上。衣服也散乱地搭在椅背上。"我想晚上一起收拾，一起洗，节约水，对，节约水。虽然这水不用钱，但也要节约不是，什么都不能浪费。电视上都说了，要节约水。"陈可齐边把衣服收起来堆到一个角落边解释。

"你说，你这么一个人，不到 50 岁，你好意思就这样一直过下去？"陈一关问道。

"不是，领导，我跟您说，我不是照顾我哥吗？长兄如父，虽然他是残疾人，但我不能丢下他不是，我父母就生我们两个，他们早死，倒是享福，但我不能不管我哥啊，我把好日子都贡献给他了，但我不后悔，同胞兄弟，血缘在那里，那可比自来水浓的感情。"陈可齐说得很是正义凛然。

"照顾哥哥是没错，但我听说，你当时也经常把哥哥一个人丢在家里，自己到处闲逛，酒喝多了还经常骂你的哥哥？"

“领导，领导，我有时候自己出去走走是有的，那我哥不是大人了吗？他也用不着我天天跟在屁股后面，就是放牛也有时间让它自己吃草，再说我哥哥是一个人。喝酒后骂我哥，这个是谁乱嚼舌头，我不叫骂，是说，对，就是说我哥哥而已。说又不会疼，我没丢下我哥不管，没打过他，还照顾他，做饭给他吃。说说怎么了？那时候我喝酒，人喝酒后就喜欢说话，酒醒后我就不说他了。领导，你喝不喝酒，你如果喝酒，你就知道酒后会喜欢说话。对了，你有没有好酒，有好酒我可以陪你喝一点。”

“你说你照顾你哥，可是你哥去世两年了，这两年也没干什么吧？”

“我这不是习惯了嘛。再说，我也不知道自己要干什么，我都想不起来自己会干什么。唉，说起来这事怪我哥，为了照顾他，搞得我自己都不知道应该怎么活。不过，他是我哥，我又不能不管，毕竟我们是同胞兄弟，血缘关系在那里。”陈可齐有点不好意思。

“那你就一直这样？一直不清楚要怎样？”陈一关问道。

“不，我有一点很清楚，我知道我要依靠政府，政府不会不管我们这些贫困户的。政府经常给我们送米送油，挂钩干部经常来找我们。他们都是好人，好人会长寿。”陈可齐回答得毫不含糊。

看到陈可齐的表情，陈一关哭笑不得，指着陈可齐说：“你知道我说的不是这个意思，你这个人，滑头。你看过路边的草吧，伏在地面上，那些树，人家可是站着的。你一个大男人，不缺胳膊不少腿，你自己说的不疯不傻，你好意思整天无所事事，你不想像树一样，活得有点样子？好，我就问你，要不要去打工？要不要过上好日子？”

“领导，我明白，其实我也不想混吃混喝等死，被人指着后背说‘没用丁’。过上好日子肯定想，关键是打什么工？到哪里打工？”

“这个我来考虑，你现在先把酒戒了。算了，我知道你肯定会说，喝酒就像抽烟，上瘾了要一下子戒很难。那从现在开始，你一天原来喝三次酒，给我改成一天喝一次，一次原来两碗，现在改一碗。这个你可以做到吧？”

见陈一关看着自己，陈可齐咬咬牙，说：“就冲着您这么大的领导来我家，就冲着您今天这些话，我答应了。”陈可齐这回很干脆，但他同时也嘀咕了一声：“就是想喝也喝不起了。”

陈一关从陈可齐家出来，小鲁边走边问：“领导，您真要帮‘没用丁’，不，帮陈可齐找工做？”

“为什么不？他如果去打工，立刻就可以脱贫，而且，会有好的示范带动作用，我知道，现在有一些贫困户是没有劳动能力的，但也有一些像陈可齐一样，有劳动能力却在家无所事事。”

“其实，陈可齐不是没有打过工，镇里给他推荐过几次，可是他要么嫌累，要么嫌时间长，不是老板炒了他，就是他炒了老板。就像最近一次，介绍他到一个工厂打工，4 个人一小组，计件工资，这工资算到小组，然后 4 个人均分，但他拖拖拉拉，要么迟到，要么效率很低，后来没有人愿意和他同一个小组，最后老板无奈，只好辞退了他。我们后来只好不管他了。就是他家的那几十棵果树，他也不去施肥不去除草，还振振有词说是纯天然，还缠着收购商要求他们高价收购。”听了小鲁的话，陈一关沉思道：“这是一个问题。”

这时候他们来到一个小巷子，一个撑拐的妇女站在刚刚建成的新房子面前招呼：“领导，领导，到家里喝茶。”听了小鲁的介绍，陈一关知道这是一户贫困户，建成的房子是造福工程。小鲁刚要摇手，陈一关却制止了小鲁，说：“好，到你家喝杯茶。”这妇女听说他们要到家里喝茶，非常高兴，撑着拐把陈一关他们往家里让，还大声招呼她老公烧水，把家里的青枣洗一洗端上来。

在等水开闲聊的时候，陈一关知道这妇女叫田秀花，因病腿瘸了，家里也因为给她治腿病一贫如洗。她原来的房子是土木结构的老房子，根本就不敢想自己有一天能住上新房子，现在却因为造福工程住上新房子。

“感谢政府，感谢政府，让我有新房子，我以前想都不敢想，我这瘸脚的没用人能住上新房子。”

陈一关看到这热情的女人，点点头，大声说：“好好过日子，过好日子。”

“我们现在的日子以前想都不敢想，不过，我们也不想就仅仅依靠政府，我腿瘸了，但手还是好的，我也想依靠双手挣点钱，但这太难了，我找不到门路。”田秀花突然神情有点黯然。

“你说什么？你这个瘸子，政府对我们这么好，你还乱说什么。”田秀花的丈夫看起来就知道是一个老实人，他听到田秀花这么说，急了，也顾不得有客人，就骂田秀花。

“我不是乱说，我没说政府不好，我一直知道政府好，但我就是想靠自己双手过得更好一点。”

陈一关制止住要再骂人的田秀花丈夫，对田秀花说：“对，你说得没错。这好日子，谁不想过得更好。你说说，你有什么想法。”

田秀花看陈一关很和气，望了一眼丈夫，小心地说：“我现在腿瘸了，没办法到地里干活，但我手是好的，我可以养鸡鸭，还可以养老鼠兔，我老公可以帮我到地里割草，这就解决了养老鼠兔草料的问题，老鼠兔的粪便还是种果树的肥料。可是这养了，销路有时候好有时候差，我们这家庭，最怕的就是这个起起落落，本来爬起来了，亏一次，我们就掉到更深的坑了，爬都爬不起来。”陈一关点点头，他知道这是个问题，这些贫困户，本来抗风险的能力就比较低，一有风险，有可能就穷上加穷、苦上加苦。

“你养的鸡鸭多吗？平时有没有小贩来收？”陈一关继续问道，他好像看到一缕光，就绝对不会放弃，而是要一直追寻下去，中医治病，许多时候病灶的发现就是在“问”之间发现。他从田秀花口中知道，平时有小贩来收，但毕竟量不大，而且出栏的时间不一，小贩有时候来有时候不来，价格也就起起落落，养殖户根本没有话语权，定价都是小贩说了算，这村里是有不少人养鸡鸭、养老鼠兔，但真正赚钱的不多。

“十个指头无法齐啊。”田秀花感慨：“也许我应该知足了，就像我老公说的，不要‘上了大帮就想上眠床’，可是我真的不甘心，我瘸的是腿，但我没有全身废了，我废了腿，但我不能就此认为自己是废人，只是等人养。”

陈一关知道“上了大帮就想上眠床”是当地方言，“大帮”就是以前床上垫脚的木板，方便上下床的。这句话说的其实就是得寸进尺的意思。陈一关站起来，握住田秀花的手说：“大嫂，您说得没错。是您今天给我上了一课啊，是我们没有做好，没有帮您解决问题。”

田秀花一见陈一关这么说，有点紧张，说：“领导，千万别这么说，这么说我的罪就大了。”因为一急，田秀花的拐杖就掉在地上，她站立得不稳，差点摔了，陈一关忙扶着田秀花坐下来。田秀花一直让陈一关和小鲁吃青枣，陈一关知道，如果不吃的话，田秀花夫妻心里会有一个坎，过不去，也就不客气，拿了一个吃起来。

当天，陈一关在田秀花家坐了一个多小时，在和田秀花聊天中，陈一关知道了许多村里的情况，知道村里有 10 多个贫困户在家里养鸡鸭和老鼠兔，都遇到和田秀花类似的问题。陈一关知道要找个办法，解决贫困户单打独斗的问题。田秀花不是说“十个指头无法齐”吗？但如果握成一个拳头，那就是一个整体，就齐了。陈一关有点兴奋。

不仅仅是养鸡鸭，在聊天中，陈一关还知道邻村坑边村，有个人叫田春燕，这个人也是贫困户，在政府提供了无息贷款后种了青枣，今年青枣丰收了，却遇到销售难。田春燕的娘家和田秀花是同一个地方的，不时来看田秀花，田秀花家里的青枣就是她送的。田春燕说起这事也很着急，却没有办法。

陈一关答应田秀花由他来想想办法，告别了田秀花，看到她撑着拐站在门里一直挥手，陈一关心里有点沉重。他觉得自己就像一个在答卷的学生，发现自己有好多题还没有做，有些题还找不到解题思路，放眼周边，大多还是陌生的面孔，自己就像一个插班的转校生，他突然就有一种惶恐。

3

“陈常委，现在在哪里望闻问切？您这个中医是否出道了？”陈一关接到吴高仁电话的时候，正要去坑边村看望田春燕。

“我现在就像刚进医科大学的学生，好像每个症状都符合，好像每个症状都有好几种疗法，但真正要开方时才发现无从下手。”陈一关有点无奈。

“这很正常，如果您就那么走一圈就能解决疑难杂症，那还不让人疑为天人了？那不说明我们以前要么没干活，要么笨得要命啊。”吴高仁的笑声好像具有传染性，陈一关的心情稍微放松：“是啊，我发现到了基层之后，才许多东西不是原来在办公室里能够体验的。同样一棵草，以前体验的是草在风中飘，是风景；现在感觉的是草根如何抓在地里，是生存。这方面您是师傅，要带带我啊。”两个人在电话里聊了一通，陈一关的心情彻底好了。

陈一关的心情好了没多久，立刻晴转多云，甚至可以说转为暴雨。他刚到村部，就看到一个女人急匆匆从车旁走过去，对着电话边哭边骂。等在村部门口的村主任长长叹了一口气，不等陈一关发问就告诉他，那个大哭的女人就是田春燕。“青枣卖不好就很让她上火了，现在儿子又不争气，信用卡透支两万元，今天银行打电话给田春燕催款才知道。”

“为什么透支？”陈一关心里一紧。“不知道。会不会是去网上赌博还是怎么？”村主任的答案不是标准答案，陈一关招呼大家去田春燕家看看。路上，陈一关才知道田春燕已经离婚，丈夫陈可伟和陈可齐是表兄弟，虽然不是亲兄弟但秉性差不多，都属于好吃懒做那类。田春燕说过、劝过，闹过、打过，但他就是不听，整天一句话就是“想都没得吃，靠做更没得吃”。陈可伟还喜欢赌博，吃饱了就和人赌，曾经有县里挂钩帮扶单位送六只老鼠兔到他家，让他当种苗，指望他们养老鼠兔赚几个钱，他接收完种苗，没等田春燕到家，就赌输了四只，剩下的两只杀了准备炖了下酒。田春燕去地里干活，回到家，发现六只老鼠兔都没了，只有一地兔毛。田春燕失望至极，和陈可伟离婚，唯一的儿子陈顺意跟了田春燕。田春燕不放心儿子跟着陈可伟，说幸亏陈顺意已经长大，要不然可能会被陈可伟当赌注输掉。虽然离婚了，但田春燕的娘家已经没有什么人，田春燕也就继续住在坑边村，只是两人各过各的日子。前年陈顺意考上大学，田春燕非常高兴，脸上的皱纹都舒展不少，谁知道现在又出了这档事。

到了田春燕家，田春燕坐在木椅上哭得很伤心。陈顺意跪在田春燕面前，也是泪流满面。

“说，你是不是上网赌博输了还是怎么？你今天不说，妈就死在你面前。如果你去赌博，和你爹那样，成为扶不上墙的烂泥，我就剁了你的手。我宁愿你是个废人，宁愿我养着你，也不愿意你是个赌鬼。”田春燕把一把菜刀在木桌上拍得很响。

“顺意，你站起来，和叔说说，到底是怎么回事。”村主任黑着脸，他可知道田春燕的脾气，这个女人惹急了可什么事情都干得出来。离婚后，陈可伟曾经赌输了，跑到田春燕家要钱，田春燕不给，陈可伟想耍赖，田春燕拿着一把菜刀，把陈可伟追得满村子跑。还有一次，陈可伟喝醉了到田春燕房前发酒疯，田春燕二话不说，拖着陈可伟把他扔到门前的池塘里，拍拍手回家把门关上了。

陈顺意刚要站起来，田春燕把眼一瞪："跪着说，今天你要不是有个说法，我绝不放过你。"被田春燕一瞪，陈顺意不敢站起来，就跪在那里说开了。在陈顺意抽噎的叙述中，村主任才明白自己想偏了。原来陈顺意看到妈妈种青枣，看到妈妈的辛苦，为了让她早日过上好日子，于是读大学的他就想帮帮妈妈卖青枣，和几个同学相约做电商卖东西。在青枣成熟前，他们想先卖点外地的东西练练手，就办了信用卡刷卡进货，想等货卖了就还上。谁知道他们因为是新手没经验，进的货部分质量不过关，卖不出去，而且贪量大可以便宜点，对市场判断不准确，一下子剩下很多库存。对于客户，他们选择退款，还向客户道歉。他们觉得做人也好，做生意也好，要有信用，要不然以后都没有人相信自己了。但生意亏了，信用卡就没办法及时还上，他们担心受骂，就寄希望等青枣卖了，用赚的钱平账，可是哪有那么容易。

"我真没用，我想帮忙，可是越帮越忙，我就是一个废物啊。"陈顺意号啕大哭。听了陈顺意的话，田春燕哧溜下去，抱住陈顺意说："儿子啊，你怎么那么傻。生意哪是那么容易做的啊。"

大家听了，把田春燕母子俩从地里拉起来。有邻居责怪陈顺意："你这孩子也是傻，别人骗你都没有退钱，你为什么退钱？再说别人买东西一家一户才差一点点钱，你们一退就是一大笔。"没等陈顺意回答，田春燕先回答了："儿子，你没错。退，客户的钱我们退，这银行的钱，我们还，妈砸锅卖铁也帮你还。"

陈一关见了，摸了摸陈顺意的头。这时候田春燕才顾得上看陈一关，连忙让座，说："领导，赶紧坐，让您见笑了。"

陈一关很严肃地说："您是一个好妈妈，什么叫'人穷志不短'？这就是。我也觉得你儿子没错，是个好孩子，一棵苗子，一定从小就要长得正、长得好。刚才跪得没错，跪是认识到自己错在哪里，但不能老是跪着，要站起来，人活着就要站着。至于青枣的销售问题，我们共同来想办法，我今天来，就是想和你商量这个问题。”

听说陈一关是为了青枣这个问题来，大家就说开了。这个村有不少人种青枣，但总体规模还是偏小，并且大家只是考虑种，没人去做销售，青枣丰收了，却卖不出去。

规模，还是规模问题。陈一关觉得自己应该出门跑一趟了。他对陈顺意说：“你有想法、有热情是不错的，但要做成事，仅仅有热情是不够的。你想想还有什么办法，也可以找你那些同学商量一下，我过几天再来找你。”

刚从田春燕家出来，陈一关差点和一个气汹汹前来的男人撞个满怀。这个人头先撞进门内，和头几乎同时进来的还有气急败坏的骂声：“败家子，败家子，我祖宗三代的脸都让你丢尽了，还说没钱，不孝子。”陈一关一听，判断这个人应该是田春燕的前夫陈可伟。

陈可伟进门就想扇陈顺意耳光，被田春燕拦住了。“你干什么，为什么要打我儿子？”

“你儿子，也是我儿子，这败家子再不教，我们陈家就要全部被他败了。”

“败了？你们陈家还有什么东西可以败？丢脸，哈，你还要脸？你有脸吗？还知道顺意是你儿子啊。切，你有什么资格？你还好意思说他是你儿子？你哪里尽到一个当父亲的责任了？你眼中除了你自己，除了酒，除了赌博，还有谁？”田春燕毫不客气。

看着田春燕怒骂陈可伟，陈一关觉得这个女人不简单，“面对磨难，勇者都是迎上去，只有弱者才示以后退或者眼泪。”陈一关的脑海中突然想起这句话。

“你，是你自己不跟我过了。你再骂，再骂我打死你。”陈可伟挥舞着拳头。没等田春燕开口，陈顺意霍地插到他们之间，对着陈可伟说：“你动手试试。我早就说过，小时候你打我妈、骂我妈，我没办法，你现在还想这样，别怪我不客气。”

“没天理，没天理，儿子教训起父亲了，当年我怎么生了你这个白眼狼。”陈可伟口中叫得很凶，但脚好像不经意地往后退。他可是记得，有次他酒后还是像以往一样拖着田春燕的头往墙上撞，陈顺意从门口冲进来，一下子把他撂倒在地，掐着他的脖子，恶狠狠地说：“以后你敢再动手打我妈，你打她一次，我也打你一次。我长大了，我再也不让你欺负我妈。”看着儿子的凶狠劲，陈可伟第一次感觉到怕了，这怕像一道阴影，时刻存在他心里，从那以后他面对陈顺意的时候，总是感觉到底气不足。

“是你妈不要我了，我想跟她过日子，可是她就不。”陈可伟声音不大，围观的邻居轰地笑了。陈顺意看着陈可伟说：“就你这样的人，不要说我妈，我都看不上你。一个大男人，活得一点人样都没有，你还好意思怪别人。”

“那，如果，如果，我改，你们能让我回来吗？”

“改？改不是动动嘴说说而已，只说不做。你先改个样子来，不是在这里吹牛。”陈顺意刚刚说完，田春燕开口了：“滚，有多远滚多远。”

陈可伟看着周边：“好，各位邻居都在这里，我今天在这里发誓，我陈可伟如果不能改，如果不能活出个人样，我就遭雷劈。从现在开始，我戒烟戒酒。”陈可伟从口袋里掏出剩下的半包烟，狠狠地扔在地上，然后掉头走了。

陈一关看着陈可伟走了，对着赶过来的周见山眨眨眼，周见山点了点头。周见山知道这是一个契机，说不定一颗钉子就这样被抹平了。周见山可为陈可伟动了许多心思，可是陈可伟像一个泥鳅，每次聊着聊着，他要么站起来就走，要么油盐不进，说：“我现在老婆孩子都没有了，上进有什么用，勤劳有什么，反正一人吃饱全家不饿，老了就吃‘五保’，死了政府拉到火葬场烧了，现在火葬，连棺材都不用。”

“领导，不用管他，他这个人，没救了，我也曾想把他拉回来，可是他就是一坨烂泥，扶不上墙。”田春燕看到陈一关和周见山的小动作，一下子就明白了他们的意思。

“嫂子，这个不着急，我记得小时候天气冷，结冰了，冰要融化没那么快，要等太阳晒一阵才会融化。我认为，只要是泥，我们就有可能把它扶上墙，关键看怎么扶，加一点什么料。我记得小时候要把泥甩到墙上，也是挂不住，后来就加点扯碎的草什么的，就挂住了，就扶上去了。这个我们再想办法。”又说了一阵，陈一关一行告别走了。

田春燕看着他们的背影，对陈顺意说：“他们都是好人，可以看得出，他们都有热情，但很多事情，仅有热情是不够的。你爸这个人，指望他回头，难啊。不管了，我们现在想怎么渡过难关。再怎么样，也要自己小腿生肉才有力，才能走得远。儿子啊，刚才那个领导说得对，人活着，不能跪着，要站着活。你是妈的希望，你要好好活出一个样子。”陈顺意使劲点了点头。

车上，陈一关和周见山说：“认认真真再梳理一遍，像陈可齐、陈可伟这类有劳动能力但又属于群众口中说的‘懒牛’还有多少？这些人要‘加鞭’，赶着他们前进；像田春燕这类的，我们应该‘搭桥’让她们前进；田秀花这类的，应该‘扶梯’，让她们上来，每个人，至少每一类人都要有属于他们的药方，千万别简单化地搞‘一人感冒全家吃药’。”

在回镇政府路上，有几个人赶着一群牛走过，小鲁说：“这些牛是上级帮扶贫困户的，村里成立养牛合作社，放牛的那几个人都是贫困户，她们放牛算工资，以后卖牛的收入，包括卖牛屎的收入，她们都可以分成。因为这样，她们都有积极性，您看这些牛养得多好。”

陈一关说：“有饭吃，有房子住，简单的几个字，要落实好，不容易”。他看着窗外，心里感慨道：这算术题不好做。我们都是答题的，我们尽量努力看看，这道题能得多少分。陈一关目光稍微抬高，阳光打在车窗外对面的山峰，山峰明亮。“两点之间，直线距离最短。”陈一关想起吴高仁这句话，感觉越咀嚼越有味道。

4

陈一关这天突然火气很大，他觉得到了基层，突然就很容易发火。陈一关原来一向以儒雅著称，也是以儒雅自傲，但现在居然发生莫大变化，好像鞭炮一样，一点就着。卓可曾经和陈一关聊过，说：“基层干部面对普通百姓，各种问题千差万别，各种任务千针一线，有时候火气就压不住，‘砰’地就出来了，好像火箭发射，喷涌而出。”陈一关开始的时候，不以为然，认为卓可是寻找理由，但一段时间之后，陈一关就深切感受到这点。

陈一关拿起电话，卓可刚接电话，陈一关就丝毫不客气：“书记同志，我今天被点着了。”卓可开始莫名其妙，脑袋快速转了一下：“陈常委，是哪枚针扎了您，让您喷涌而出？”“我发一个东西给您看看，你就明白了。”卓可明白陈一关发火的原因应该和自己的辖区有关，不敢再开玩笑，答应着挂了电话。

卓可收到陈一关发过来的截图，原来是有个叫老拐的人在朋友圈发了一条感慨：“父亲瘫痪在床，独自在家。自己在外打工赚钱，不打工连日子都没法过。每两天回趟家给老父亲换尿不湿，享受不了低保户医疗保险兜底，说是没指标了。生活如此艰难，压力山大。”图片是一个憔悴的中年人靠在一部摩托车，可以看得出他的疲劳和风尘仆仆，发文地址是田边镇田背村。卓可的火也是蹭地上来了，如果这个人确实是本镇人士，那真的是无地自容。

怎么又是田背村？卓可不禁在心里怒骂田背村村主任田河水。该村党支部书记前不久因病去世，田河水暂时一肩挑，负责全村工作。

去年年底，田背村就因为贫困户的事情发生过一件事，引起广泛关注。当时有寒假返乡大学生组织一个“微心愿”调查，了解一些普通民众心愿，倡议爱心人士支持解决。其中田背村有个叫田春荷的人表达了一个微心愿，说自己老夫妻两人，只有两床棉被，而且已经添置好几年，因为这个冬天比较冷，希望过年的时候有一床新棉被。

这个“微心愿”一发，引起了关注，评论不少，其中一个关键点是贫困户、老人、一床棉被。该心愿被吴高仁看到，吴高仁立刻自掏腰包买了两床新棉被上门，面对老夫妻感恩的话语，吴高仁自我检讨，说自己工作没做到位，感觉很惭愧。闻讯赶来的卓可和周见山更是无地自容。

“一对贫困夫妻就这么一点点心愿，为什么还没办法解决？你们究竟是耳聋听不到群众呼声？还是目光朝上看不到群众疾苦？挂钩帮扶的责任落实在哪里？一个在读的大学生都能发现的问题、都想解决的问题，你们居然没发现，这是打脸你们知道吗？不知道你们的脸疼不疼，至少我的脸是唰啦唰啦地疼。”当时田背村书记已经病卧在床，主持工作的田河水躲在后面不敢吭声。因为这件事，全县开展一次大走访大摸排行动，所有挂钩干部全部入户走访，了解群众心愿，协调解决困难问题。

“卓可书记，有没有如坐针毡的感觉？我刚才和吴高仁书记通电话，他说不知道卓可书记的屁股是否足够硬，针扎不扎得进。”电话那头，卓可的脸已经涨红：“不要说这是村里没把事情做好，事情不能全推给村里。什么原因先了解，但至少你们信息不灵。我马上过去。”

陈一关到达的时候，卓可已经把问题了解清楚了。老拐原来带着父母在省外打工，自己打工，父母靠捡废品，勉强可以过日，已经多年没有回来。前几年多病的母亲在外地去世之后，父亲又患病瘫痪在床，在城市生存压力非常大，所以就回到老家。老家没有什么经济来源。要打工也不容易找到，老拐就到100公里外的市区打工，否则连吃饭的钱都没有。因为母亲多病，老拐没有成家，瘫痪的父亲没有人照顾，只好一次把两天量的饭做好，放在床头，给他穿上纸尿裤，老拐两天回一趟家，给老父亲换纸尿裤、洗澡。因为班车时间固定，路上需要时间不少，老拐往返都是骑摩托车。

老拐曾经找村主任，田河水说当时上报低保户，因为老拐全家外出联系不上，所以没有上报，现在低保户早已经认定，无法增补。老拐无奈，那天因为骑摩托车在路上摔了一跤，回到家后感慨良多，就在朋友圈发了一条信息。

“低保户本身就是动态调整，要做到应保尽保，哪有‘指标用完’一说。”卓可对着田河水发火。田河水嗫嚅着说不出话。卓可安排民政办马上跟进办理此事。

陈一关听了，跟老拐说：“你这样把父亲放在家里，长期肯定不是办法，还是要想个办法。”

老拐长叹一声：“我也知道这不是办法，可是如果我不去打工，我们连吃饭都成问题，何况我父亲需要长年吃药的。”

“纳入低保以后，纳入建档立卡贫困户，有个最低生活保障，有医疗保险兜底，这些问题可以得到初步解决，但长久之计，你肯定要打工。卓可书记，镇里现在还有什么公益岗位?”

“村里有一个保洁员岗位，就是收集转运垃圾，原来的那个人也是贫困户，前不久刚说他在县城的亲戚办了一个厂，让他去帮忙看厂，要辞职。”田河水这时候赶快开口。

“你愿不愿意干这个保洁员，如果愿意，你又有事情做，又可以就近照顾。”卓可问道。

“愿意，愿意，我非常愿意。我之前就希望有这样的事情，但大家都是乡亲，每个人都有自己的困难，人家做得好好的，我根本不敢想，我也不能去抢他的饭碗。”老拐很激动，没想到会有这样的好事。

“那你可要把村庄整得干干净净的，这可是一个村庄的脸，脸是要经常洗，要保持干净的。”陈一关看问题解决，心情放松了，和老拐调侃道。

“肯定的，肯定的。谢谢领导，谢谢领导。”老拐转圈鞠了一躬。

“这个躬大家千万不要有心安理得或者俯视众生的感觉，而是一种警醒，老百姓的事情，做好了，大家会叫好，会鞠躬；做不好，就是骂声，就是戳脊梁骨。要有战战兢兢的心态，只有保持敬畏之心，才能竭尽全力把事情做好。”陈一关觉得有必要给大家泼盆冷水。

“一个地方的发展，选好人至关重要。选用村主干，不能仅仅是因为这个人人不错，还要有能力。想干事是基础，会干事是本领，干成事是成效。”陈一关在车上，和卓可、周见山聊起田河水。他们对田河水的判断是田河水这个人不错，就是老认为自己是好人，而且容易一条筋，遇到事情容易根据自己理解简单化处理，想用力有时候用不到点子上，仅仅凭感觉、完全凭老经验办事已经行不通了。三个人就村干部的选拔、使用、管理探讨得很热烈。

他们到坑头村的时候，在村里废弃的茶场里，田秀花和几个妇女正在往竹编的篮子里装鸡蛋。看到陈一关过来，田秀花撑着拐站起来，边大声招呼边让一个妇女放音乐。那个人高兴地跑到屋里，广场舞的音乐马上响起来，没等陈一关反应过来，一群鸡好像听到集合的号声，哗哗哗地从外面跑进来，田秀花从旁边装稻谷的盆子里抓起一把把稻谷，扬撒在地面上，那些鸡匆匆啄起稻谷，头一点一点的，动作很有规律。在另外一个角落，一群鹅嘎嘎嘎地叫起来，好像应和着音乐。

“我们现在成立了一个‘家之味’农场，注册了一个‘家之味’商标，我们把全村的土鸡、土鸭、土鸡蛋、土鸭蛋收购起来，还有农场以后生产的，统一价格、统一销售，现在是您牵线的味浓企业包销，但以后量多了，我们要自己卖。我们不能因为人家有爱心就赖上人家，什么事情都要靠人家，我们不干升米恩斗米仇的事情。他们在我们起步的时候帮我们，我们已经很是感激了。”其他人也你一言我一语，说得非常热闹。田秀花她们的话让陈一关竖起了大拇指，他好像看到原来贴伏在地面的一根根草刷地立了起来，有了在风中摇曳的风景，也许过一段时间，可以长成一棵棵树。

陈一关那天听完田秀花的话，就找到味浓企业。这家企业老板经常献爱心。陈一关和他聊起田秀花，但制止了他马上登门送东西的想法：“要做就做个长线的，不是一次性的帮扶。还是那句话，造血比输血重要，而且，要让这群农村妇女感觉到自己存在的价值，只有支撑，她们才能立起来，才能活得舒坦。人残疾已经无奈，心不能残疾。”于是老板立刻派人上门，捐助一笔启动资金，让田秀花牵头组织村里妇女成立专业合作社性质的农场，租用了废弃的茶场，利用茶场后面的山地散养鸡鸭，每天把鸡鸭放出去自行觅食，中午、晚上加一点稻谷等，这些鸡鸭被称为“跑步鸡”“跑步鸭”。他们还指导村民利用山上竹资源丰富，自己设计竹编的篮子，装鸡蛋、鸭蛋，在每个篮子里都附一张精美的图片，介绍“家之味”农场的产品，主打广告词就是：“‘家之味’农场，让您吃到家的味道。”这些竹编的篮子很精美，鸡蛋鸭蛋吃完还可以装其他东西，关键是卖竹增加收入，编竹篮、卖竹篮的人增加收入，形成了一个小链条，解决的不仅仅是几个妇女的就业问题。

味浓企业包销这些产品，让田秀花她们消除了顾虑，那热情就像打鸡血一样，田秀花的丈夫说田秀花好像遇到了人生的第二春，田秀花很得意，“那是当然，我以为自己这辈子就这样毁了，整天撑着拐，走不出家门，就天天在想自己已经是个没用人，是这个家、这个社会的拖累，哪天就死了，死了就解脱了，没想到自己还可以靠劳动赚到钱，我还等着农场分红呢。”

“领导，领导，您是好人，今天，您无论如何要吃一碗蛋酒。用您的话说，这是一碗加油的蛋酒。”陈一关知道田秀花说的蛋酒是把蛋煎得金黄，冲进去当地家酿的米酒。根据当地风俗，蛋酒有否极泰来、转运的意思，也是待客之道。看着田秀花她们热切的目光，陈一关知道这碗蛋酒得喝，这是她们的一片心意，于是他爽快地说道：“好，我吃一碗蛋酒。”

田秀花看陈一关答应了，非常高兴，招呼一个手脚利索的去煎蛋酒。不一会，几碗蛋酒端上来了，陈一关、卓可、周见山一人一碗，连蛋带汤喝得干干净净。

陈一关看到田秀花她们几个人在擦眼睛，他知道那是激动，“下次，我来见证你们分红。我希望，‘家之味’农场越来越兴旺。”

离开农场，陈一关让卓可他们两个各自忙自己的事情去，他要到处走一走，然后去看看田春燕他们。陈一关发现自己越来越喜欢到处转转了，他觉得这和坐在办公室是截然不同的体验。他发现自己到基层挂职之后，生活给他打开了另外一幅画卷，这是他之前没有看过的。虽然有些事情听到过，或者从材料上看到过，但毕竟有朦朦胧胧有种隔的感觉，现在置身其中，所有的东西都打通了，有了凹凸起伏的层次感。他挥挥手，给自己鼓劲：“加油！”

5

陈一关到了坑边村，快到田春燕家门口的时候，看到有几个人挑着青枣往田春燕家赶。陈一关知道这是大家送货上门，把自家的青枣送到田春燕家收购。规模这两个字挑动了陈一关的心思之后，他就利用周末，跑到本县田北镇。陈一关从朋友圈看到该镇有一个电商能人刘妍婷，这是个返乡创业的大学生，大学毕业后在城市里闯荡数年，之后回到老家从事电商生意，立志把家乡的土特产卖到全国各地，于是开始卖起家乡的青枣、百香果、地瓜、南瓜等。

陈一关到达刘妍婷的“老味道”公司的时候，一帮人正在忙碌，有的装盒、有的打单、有的贴单、有的收购、有的选货。刘妍婷让陈一关稍等片刻，把手头的活忙完才请陈一关坐下。刘妍婷原来只是自己和父母一起做电商，生意做大了，才开始招人，除了一帮和她一样的返乡大学生外，还有一部分人是贫困户。“我当年读大学的时候，乡亲们给了我许多帮助，今天我有点能力，我就应该帮助他们，感恩是人基本的素质。”

交谈之后，陈一关知道刘妍婷原先主要销售自家生产的百香果等，同时收一点村邻的产品，随着生意的做大，现在整个乡镇、包括周边乡镇都有人把百香果、青枣等送到“老味道”公司。

“我现在有个小团队，我自己也上场，在直播平台直播百香果、青枣、南瓜等的生长和收获，让大家感受参与全过程。我还制作了一些模具，让南瓜生长成客户需要的样子，有圆的、方形的、椭圆形的，还可以在南瓜上压模长出不同的字，满足客户需要。”刘妍婷拿出不同造型的南瓜，这些南瓜一上线，就吸引了不少客户，尤其是小朋友的喜爱。

陈一关把田春燕的情况说了，刘妍婷很爽快，马尾巴辫子一甩：“好说，让她把青枣送过来，我收购，其他人也可以，春燕自己可以设一个收购点，我给她代理费。她可以请人帮忙收购、请人送货，这样就可以解决几个人的就业，我清楚，一个人就业，往往就是一个家庭脱贫。能做的事情我责无旁贷。”

刘妍婷请陈一关吃青枣，说：“这么好的青枣，开始的时候，大家都卖堆货，所有的青枣都卖统一价，其实这很亏。一分级，附加值就出来了，他们有得挑，客户也满意。我还把所有的情况都发到网上，让客户明白什么叫一分钱一分货。”陈一关看到刘妍婷的快递单有厚厚一沓，刘妍婷告诉他，她现在每天线下卖 2 万斤，线上可以卖到 5 万斤以上，“老味道”三个字已经得到消费者一定程度的认可。

“我不敢说自己多么了不起，也不敢说自己多伟大，但无论乡村振兴，还是脱贫攻坚，其实，知识很关键，文化很重要。乡村不能老是停留在怀念的层面，不能老是停留在对‘回不去的故乡’的感慨，而是需要一些有知识有文化的人参与建设。我希望自己能起到一点点的作用，我一直认为，萤火虫的光再微小，也毕竟是光。”陈一关发现刘妍婷产品包装盒上印着一行醒目的字——“老味道，味蕾上的乡愁，回得去的故乡。”

陈一关从刘妍婷那里出来，就赶到坑边村，把刘妍婷的话转告田春燕。田春燕非常高兴，立刻把自家成熟的青枣送到“老味道”公司，同时把村邻的青枣也一并送去。陈一关亲自带着陈顺意去了一趟刘妍婷的公司，让陈顺意跟刘妍婷好好学学怎么做电商生意、怎么在线上推介产品。“师傅领进门，修行在个人，有这么好的师傅，你可要好好学习，要琢磨思考一些东西，转化为自己的东西。”陈顺意认真地点头，他在实际操作中发现，课本知识和实际操作还是有距离的，这些距离不是整齐划一地画一条线，有时候是一层纸，有时候如隔山，不是简单的两三句话就可以讲明其中的门道。

陈一关让周见山专门找陈可伟谈了一次。周见山递给陈可伟一根烟，陈可伟连连摇手。“真戒了？”周见山看了陈可伟一眼。

“真戒了，酒我戒了。我得说话算数不是？我再不说话算数，儿子看不起我，老婆，不，前老婆看不起我，你们看不起我，我不得挖个洞自己钻进去。那天被春燕一骂，被儿子一翻脸，我想了一个晚上，真的没睡着，我真他妈活得没个人样，猪狗不如，我以后死了，祖宗都不认我。”

“嗯，有这个决心和信心是好事，我说啊，如果你早认识这点，就不会把日子过得乱七八糟，不过，现在还不晚。”

“晚不晚不好说，但无论如何我要有改变，至于以后，走一步算一步。”陈可伟长叹一声。

“不行，既然要改，就不能仅仅顺其自然，要主动争取。说实话，你想不想和田春燕和好。”听了周见山这句话，陈可伟眼睛亮了一下，不过，那光芒马上就消失了，好像短路的电灯泡，重新搭上线，闪了一下，保险丝又烧了，重归黑暗，“我想没有用，关键是她要想，至少她要让我想。我以前太混账，伤了她了。”

“她主动想，目前不可能，但你要做到让她知道你有想，让她接受你有想。”周见山把刘妍婷答应销售田春燕青枣的事情说了，给陈可伟出主意，让陈可伟收购左邻右舍的青枣，送到田春燕代收点去卖。这样就可以接触到田春燕，可以让她看到自己的努力。再说，村里有些种植户种的青枣不多，每天要自己采、自己送，有些劳力不足。

“我用贫困户无息贷款买一部三轮车，我到田间地头收青枣、百香果，我送货上门，只要她收我的青枣就是我胜利的第一步。下一步争取她的青枣可以让我代采代送。我就不相信了，既然当年我可以把她追到手，现在照样还可以把她追回来。”陈可伟兴奋了，周见山看他走路的步伐都轻快了，原来因为喝酒抽烟和无所事事所夹带的颓废情绪都不见了，周见山突然就相信陈可伟有可能成功，他用劲拍了拍陈可伟的肩膀。

陈一关去看的是陈可齐。陈一关给陈可齐的渐进式疗法，是让他一天数次喝酒先改成一天一次。陈可齐原来天一亮就倚在床头喝一碗酒，美其名曰“起床酒”，晚上上床后也得喝一次，叫作“睡觉酒”，好像军营里的熄灯号一样。整天喝酒的后果就是陈可齐要么睡觉，要么酒意冲天到处逛，自从陈一关去了他家一次，陈可齐就接受了陈一关的劝说，下定决心要改变自己。村邻们对陈可齐的表态不以为然：“这‘没用丁’下决心很快，但改变决心的速度更快。要不然也不会被人叫‘没用丁’了。”

出乎大家意料，陈可齐这回还真像下了决心，把酒减了。陈可伟听说了这件事，找上门，说："是男人做事就干脆点，要戒就戒到底，不要羞答答的，搞什么一天一次减。我算看清楚了，我们现在就是在坑底，我们这次如果不爬上来，以后就不用努力了，就那么在坑底趴着吧。想想我们还不到 50 岁，就那么被人指着后背骂，不甘心。"一席话把表兄弟两个人说得感慨万分，陈可齐就把酒都戒了。

陈一关让卓可带着陈可齐和自己汇合，他亲自带着陈可齐到了原来打工的工厂，到了工厂门口，见陈可齐有点畏缩后退，卓可恨不得踹陈可齐一脚："把缩着的脖子伸出来，挺胸，不要当缩头乌龟。"

陈一关拍拍陈可齐肩膀："老话，在哪里摔倒就在哪里爬起来，你要重新开始，就从这里起步。你原来都低到尘埃了，现在每一点进步都是向上。你还担心什么。"陈可齐呼了一口气，跟着他们两个走进厂区。陈一关把陈可齐交给了工厂的主管，来之前，陈一关找了这个工厂的老板，和他做了深度交流。

一段时间后，陈一关直接去了工厂老板的办公室，从主管口中，知道陈可齐现在非常勤劳。工厂是计件工资，4 个人一个班组，以班组为单位计件，所得工资均分。陈一关针对陈可齐的想法，采取新方式，让他一个人单独为一个班组，单独核算，他干多干少一目了然，和别人无关。陈可齐一对比，才知道原来以为别人占了自己便宜是大错特错了，是自己沾了别人的光。看到真相，他憋着一股气，想干出一点模样，摘掉'没用丁'的帽子是陈可齐心里最强烈的想法，也是他和陈可伟长谈后定下的目标。

计件工资可以让他每天都知道自己干了多少活，知道自己当天赚了多少钱，关键是原来瞧不起他的那些工友都会主动和他聊天了，没有人叫他"没用丁"。陈可齐开始兴奋了，他天天看着小黑板上公布的数字，自己抄到一个小本子上。

"明年清明，我要去给父母扫墓。"这是陈可齐有天晚上和工友聊天冒出的一句话。原来陈可齐已经好多年没有去给父母扫墓了，说自己没有出息，无颜见父母。这也是村邻说陈可齐是“没用丁”的一个原因。

“要不要叫陈可齐过来见见？”工厂主管问陈一关。陈一关摇摇头，“我去看看他。”陈一关到了工区，看到陈可齐正弯腰忙着。意识到身后有人，他起身，看到是陈一关，愣了一下，走到陈一关面前，深深鞠了一躬。陈可齐没有说话，陈一关也没有说话，陈一关拍了拍陈可齐的肩膀，挥手让陈可齐继续干活。卓可看到，陈可齐转身的时候，用手背擦了一下眼睛。

陈一关的车正行进在前往村里的路上，他刷朋友圈，看到陈顺意正在做带货直播。“老味道，味蕾上的乡愁，回得去的故乡。尝一口，故乡就近了”“品一口，感受不一样的乡愁”“吃吃看，老味道到底是什么味道”看着直播页面刷出来的留言，可见在看直播的人也不少，人气慢慢起来了。刘妍婷的直播间本来就人气不错，陈顺意跟着她这个团队，资源共享，互相引流，做得越来越入道了。

“陈常委，看起来你越来越‘乐不思城’了。望闻问切如何了？”吴高仁调侃的声音顺着手机过来。

“哪里啊。我现在越做是发现越有得做。我现在就想蹲在田边镇，认真解剖‘麻雀’，我想看看这只‘麻雀’长什么样。望闻问是一个动态过程，不可能终止，这‘切’不容易，我现在就像一个医生，越到开方越谨慎；也像司机，越开车速度越慢。”

“麻雀虽小，五脏俱全。相信陈常委已经有了感受。其实我现在解剖的也是麻雀，不过是大一点点的麻雀。我们找个时间，好好聊聊，看看我们解剖麻雀的心得有哪些碰撞。我想听听您这从省城来的领导对望闻问切有什么‘高见’。”吴高仁的声音有点兴奋。

“不敢，不敢，我现在是‘低音’。”陈一关回道，这也是陈一关对吴高仁私下调侃自己“高见”的回应，陈一关说自己身处基层，发出的是低层的声音，所以简称“低音。”他们经常在电话里聊天，“高见”和“低音”碰撞，共同探讨望闻问切，不知道的以为他们是两个医生在探讨学术问题。他们调侃自己某种意义上也是医生，只不过共同的对象就是贫困户，思考的是脱贫攻坚如何取得实效，在意的是自己最后到底是良医还是庸医。

挂断电话，陈一关看到车在爬上公路向上爬升，前方天空上一片蓝，有几片白云在天空飘荡。眼看到尽头了，一拐弯，路又在车轮底下延伸，还有一段距离。

“望闻问切。”陈一关点点头，又沉进一片思索。

第二章　坚决如铁

1

罗则同到达三望岭的时候，把车靠边停了下来。他下车走到路边，看着对面山坡上郁郁葱葱的树林，深深地吸了一口气，慢慢地呼出，好像让丰富的负氧离子在体内做了一个循环。在三望岭停车，几乎成为罗则同的习惯，不过以前都是要离开的时候停车，他好像要把这里丰富的负氧离子带着上路，以抵抗一会儿城市的汽车尾气。这次停车意味着他回来了，意义不同。

“我回来了。”罗则同对着树林张望了一会儿，把目光放低，看着树林下方的山涧，低声说了一句。过了一会儿，他把目光抬高，看着山峰，喊了一声：“我回来了。”有点回声，但没有人，罗则同笑了一下，突然感觉这一喊，自己都轻松了不少。

罗则同是田背村人，今年刚刚退休。退休之前，他是省城的厅级干部。罗则同以前也经常回来，但每次回来，基本上都是匆匆而来，匆匆而去，但这次回来，就不同了。他看着副驾驶座上的皮包，皮包里装着两样东西：罗则同的户口迁移证明和党员组织关系介绍信。罗则同这次回来，用他的话说，就是要落户在田背村了，属于走出去又走回来，人生绕了一个圈，划了一个圆，留下痕迹。对于他的决定，老婆罗苏妍和儿子、儿媳妇都强烈反对，但罗则同还是坚持把户籍关系和党员组织关系迁回田背村。罗则同可以想象得到，这时候罗苏妍要么在家里抹眼泪，要么在儿子、儿媳妇面前骂他脑袋被门给磕了，其间再说说陈一关的不是应该属于佐料系列。

罗则同回到田背村不是走走或者住几天就回去，他是要回来落户的。陈一关说他要好长一段时间不敢去见罗苏妍了，因为罗则同回家乡的有力推手是陈一关。

田背村屡屡出现事情之后，陈一关很恼火，把村主任田河水臭骂了一通，但他知道自己作为一个县领导，责任不是骂人，要不然自己就成为“田疯子”。田疯子是田背村里的一名疯子，整天在村里走来走去，头频率很高地甩动，嘴里不停地发出含混的声音，仔细一听，知道他是在骂人，但骂什么，具体内容很难分辨。

陈一关发现田背村频频出现在公众面前，其中一个重要的原因就是没有一个强有力的带头人，原来的村书记长病之后已经去世，村主任田河水这个人不错，就是容易一条筋，遇到事情根据自己的理解简单化处理，想用力有时候用不到点子上，仅仅凭感觉或完全凭老经验办事。村民也认可田河水是好人，但好人不一定是好官。陈一关曾经和田河水说过：“如果你只会做好人，有一天你会发现自己是个坏人，因为你没有带着大家向前走，你没有带着大家过上好日子。作为村主任，不能仅仅和大家在一起，让大家看到你的身影，这仅仅是比让村民看不到你好一点，但不够，更重要的是要领跑。”田河水态度很好，连声称是，但就是没有下文。

陈一关很想朝着田河水的屁股踹一脚，当然他没有真正动脚，作为一名县委常委，向老百姓动手不行，动脚也不行。陈一关开始动脑。“望闻问”之后，他要“切”了，陈一关说自己如果是一名医生，不仅仅要会看病，还要会治病，仅仅知道问题出现在哪里还不够，还要知道问题怎么解决，不会开药方的医生不是一个合格的医生，不会出招的领导不是一个好领导。陈一关很清楚。

陈一关要给田背村找一个领头人。陈一关会同卓可和周见山把田背村比较“浮面”的人来回过了好几遍，俗话说是“过米筛”，但还是没有发现合适的人，要么缺这个，要么缺那个。陈一关和卓可说：“我到县里挂职，除了做一些具体的事情，我还想找到一条路，就是农村如何选带头人，无论脱贫攻坚还是乡村振兴，人还是第一要务。如果带头人是一匹狼，我想这群人就会跑出狼的气势；如果带头人是一头羊，这群人无论怎么轰，跑出的还是羊的脚步。”陈一关后来把目光瞄向罗则同。罗则同是田背村走出去的最高级别官员，其时还在省城某厅级单位当一把手，但他任期很快将抵达终点，因为他距离60周岁只有不到两个月的时间，用陈一关的话说，罗则同的职场生涯已经进入倒计时读秒阶段。

陈一关和罗则同原来就认识，他们也曾经聚在一起聊过西水县、聊过田边镇，更多的是聊到田背村。陈一关说自己不敢说是指点江山，只是自己出身中医世家，习惯于做什么事情都讲究望闻问切。既然自己到了西水县，到了田边镇，要做什么事情就更要注意望闻问切，尤其要解决田背村的问题，更要望闻问切，否则，随意就开药方就不仅仅是庸医。罗苏妍后来说，开始的时候，陈一关和罗则同探讨田背村问题，她以为仅仅是需要罗则同出于乡情贡献一点智慧，谁知道陈一关想要的不仅仅是罗则同的智慧，还要罗则同这个人。“我低估了陈一关的胃口。”罗苏妍很是感慨。

几次沟通之后，陈一关把罗则同约出来到茶室喝茶，陈一关把田背茶泡上。田背茶产自田背村高山上，是乌龙茶的一种。端起茶杯，他看着微黄的茶汤，细细闻茶香，深深吸了一口气，喝一口，让茶水在口腔里停留一会儿，再慢慢咽下，体会茶韵。陈一关看着大口把茶水喝了的罗则同，笑着说：“别急，没有人和你抢。”罗则同笑道：“这家乡茶喝起来味道就不一样，再好的茶，也美不过这家乡味。”两个人东拉西扯，陈一关有足够的耐心，听罗则同讲述小时候上山采茶，回家制茶的故事。陈一关觉得自己是个钓鱼高手，看着鱼已经上钩，不急切地把钩扯了，而是慢慢遛鱼，确保万无一失。

很久以后，陈一关和罗则同在田背村罗则同家里喝茶的时候，聊到这个细节，罗则同大笑，说：“切，我是愿者上钩，否则，你以为？我是一条老鱼，岂是你能够钓上的？让我上钩的是乡情，这鱼饵足够有料，让我这条老鱼也无法拒绝。否则，我保证，就算你是再高明的钓手也钓不到鱼，而仅仅是钓到水草。”

茶已经换了几泡，陈一关从头到尾都在泡田背茶，“怎么样？这茶不错吧，可是在您老家，一斤也就是几十块钱。物美价廉背后就是价贱伤农啊，要不要想想办法？”

罗则同端起茶：“又是锣又是鼓地热场那么久，要正式开演了？我以为你怯场了，要拉上戏幕撒腿撤退。”

陈一关一笑：“高手就是厉害，什么事情也瞒不过您。”

“高手？你在心中说不定念叨的就是一句‘这只老狐狸’。嗯，想想我比你多活 20 多年，如果没这点道行，说不定早就消失在岁月深处。”两个人大笑之后，把遮遮掩掩的东西撤了，聊得很开心，达成一致：退休后，罗则同回到田背村，担任村党支部书记。茶室出来后，陈一关给吴高仁打了一个电话，汇报了这件事，吴高仁高兴地说：“陈常委不错，挖了一个大坑，然后给这个坑找了一个大萝卜，我相信这个萝卜味道肯定很好。后续事情一定要跟紧，要落实好。别让这个萝卜跑了。”

两个人在电话里就这件事探讨了几个关键环节，电话放下之前，吴高仁交代一句：“陈常委，最近还是不要到罗厅长家，估计你已经被他家人列为不受欢迎的人，小心被扫把打出门。”

陈一关笑了：“我已经做好准备，我估计我这火苗一点，在他家就要成为熊熊烈火。万一我被烧伤，您可要算我因公受伤，给我报销医药费。”

“放心，如果真有此事，我一定拎着水果，亲自去慰问你。”

罗则同在三望岭抽了一根烟，细心地把烟头捻灭，重新上车。他拒绝了陈一关的陪同，连卓可和周见山也不要，就自己开车回村。他说既然自己选择回村里当党支部书记，那自己这次回来就和以往回家看看不一样。如果说以前自己是生长在田背村的一棵小苗，后来移植到城里，那现在属于重新移回村里，这属于大树移植，能否成活？多久能够恢复生机？这些都还不确定，但他相信自己可以，无需用竹竿或者树枝支撑。有谁陪同，那自己就依然是客人，不是主人，角色不对，不利于自己恢复生机，还是让自己独自回来，重新扎根这块土地吸收营养。再说了，当选党支部书记之后，陈一关是县领导，卓可和周见山是镇领导，都是自己的上级领导，如果自己还让他们陪同，就是角色倒挂，没有规矩意识，这样也不行。

陈一关听罗则同说了，承认罗则同说的有道理，也不客气，说来日方长，就让罗则同自己回去。陈一关没有说，但他猜测罗则同心理上估计还要越过几个坎，这回到自己从小生活的地方，尽管是老家，但决定不同，心理就不同，有些坎是要自己迈过去的，别人不宜过度帮忙。揠苗助长的事情不能干。罗则同不说，陈一关当然也不宜说。

罗则同踩下油门，转过一道一道弯，旁边的树不断往后退，自己位于村头的房子越来越近，他知道有人已经把房子打扫干净了，以后这个家就要重新有生活的气息，不同于以往每年只是使用有限的几次。他按了一下喇叭，他知道这是自己和田背村在打招呼。他用左手拍了一下右手，觉得自己是否有点矫情了。车停下之后，他看到村庄里有炊烟从谁家的瓦房上长出来，袅袅升腾，感觉很亲切，他都记不起自己有多久没有认真地看过家乡的炊烟了。他在家门口站了一会，然后才走进家里。在客厅里，看到墙壁上父母的遗像，他说了一句：“我回来了。”鞠了一个躬，然后烧开水，拿出田背茶，准备泡茶。

2

罗则同在各种不同马的鸟鸣声中醒来，罗则同已经分辨不出是哪种鸟了。以前他在乡村里生活的时候，随便一听，就知道这是什么鸟。时间不仅仅会让人成长，还容易让人遗忘。听着鸟叫声，罗则同突然想起在省城公园中有一群老头子，托着鸟笼在遛鸟，为谁家的鸟叫得好听兴奋、争辩。罗则同曾经以为这也是不错的选择和享受，以为自己退休后也会加入这个行列，现在一听大自然中鸟自由的歌唱，就觉得公园里的鸟叫声根本不能相提并论，那不是小巫见大巫的问题，而是被甩了不知道多少条街了。罗则同赶快起床，就着山泉水洗漱完毕，就走出家门，他想呼吸一下与城里截然不同的新鲜空气。

罗则同的房子在村口处，他家前面有一块平整的水田，大约有一亩地，在众多大小不一的山田中，这块田有点鹤立鸡群，被称为大丘田。田背村夹在两座大山中，左边的山叫田墩山，右边的是大坑山，到了尽头横切的山是田背山。有一条叫田坑的山涧从村庄中蜿蜒流下来。田背村和坑头村、坑边村是邻村，被称为田坑片。从村庄的名字就知道这些村庄和这条田坑有关。

罗则同顺着田坑往上走，目光随便一瞄，就看到郁郁葱葱的树林。田背村的森林覆盖率达到 91%，每平方厘米的负氧离子达到 2 万个以上，罗则同穿着短袖，感觉风都是湿润的，有点丰满、舒缓甚至黏稠的质感，不像那些山头光秃秃的地方，风是干燥的，但也轻飘飘，一扫而过。罗则同曾经得意地和陈一关说，田背村的空气就是丰腴的女人，森林覆盖率不高的地方空气则是骨感女性。罗则同把手伸直，看到微风吹过胳膊上的汗毛，有一种凉意轻柔抚摸过胳膊，罗则同舒服得感觉好像皮肤要开始跳舞。

村庄里没有多少人，罗则同回来前就清楚，1603 人的村庄，平时居住的人不到500人，基本上是老人和孩子。罗则同走了一段路，没看到几个人。路旁有散落的垃圾，有风吹过，废弃的塑料袋飞扬。有些老房子门锁着，房前屋后随意堆放着一些杂物，有些地方杂草丛生，不清理一下连路都不好走。可以想象，等到了秋天，这些草一枯黄，拍下照片，这村庄荒芜、破败的气息都可以从照片中流淌出来，根本不需要解说词。罗则同在和陈一关聊天的时候，说到年轻人不愿意留在村庄，两个人都有共识：家乡回不去了，关键是找不到回去的理由，或者说是留下来的理由。不能简单一句“要热爱家乡”就让人回去或者留下来，要让人看到盼头、看到希望，否则就是某种程度上的道德绑架。很多人回忆家乡，其实是留念当年的记忆，但骨子里又不愿意回到家乡，家乡已经今非昔比了。残缺是一种美，那是艺术家说的，对于老百姓，残缺就是残缺，就是不正常。

罗则同一直在寻找，寻找河流中的小鱼。田坑以前鱼很多，泥鳅、鲫鱼、石兵、粗鳞等。田坑给罗则同带来许多欢乐，他小时候经常在田坑里捉鱼，用一个畚箕贴着坑底，沿着坑水，逆流而上推一小段，然后靠边或者靠近石头，猛一拎，多多少少都有收获；或者是把畚箕抵在哪个洞口，手伸进洞里，搅和一下，把鱼吓得奔跑出来，一拎，鱼就在畚箕里惊慌蹦跶，幅度很大地舞蹈。他有时候也戽鱼，就是把田坑上游的水堵住了，把小坑的水戽干，坑里的鱼、虾、田螺等就是收获。遇到草虾，根本不用煮，两个手掌弧起，把草虾放在中间，使劲拍几下，那草虾就被震晕了，青色都变成微红，放到嘴里，有点鲜，也有点腥。

田坑不仅仅给罗则同带来欢乐，还带来希望。罗则同的父母早亡，罗则同是吃着村里百家饭长大的，他后来上大学的钱都是村民里凑起来的，这也是罗则同义无反顾回到家乡担任党支部书记的原因之一。他和老婆罗苏妍说：“羊有跪乳之恩，鸟有反哺之义，我是从田背村飞出来的一只鸟，现在乡亲们需要我，我就要回去反哺这块土地，要在家乡这棵树上唱点歌，不管声调如何。”

罗苏妍抽泣着：“我也清楚，我不是担心你的身体吗？你自己身体有什么毛病你自己知道，我也知道你对村里有特殊感情。但反哺有许多种，也不一定要回去当党支部书记。”

罗则同笑笑，摸了摸罗苏妍的头，“反哺是有很多种，但我觉得回去当党支部书记也许是更合适的一种，这是乡亲们的需要。当年大家都穷，他们自己也要吃、也要穿、也要花钱，可是他们选择的是从我需要什么的角度支持我，而不是把自己剩下的东西给我。把自己剩下的东西给别人也许比较容易，把自己需要的东西给别人就不容易了。我不能想着力所能及，我要努力一把，也许我有自己轻易不能达到的地方，但经过努力，也许可以做到。”罗则同知道自己老婆都清楚这些，只是一下子思想上拐不过弯。没事的，一段时间就好了。罗则同在心里对自己说，田背村那么多弯，哪一次进出不是拐来拐去。

罗则同当年经常在田坑里捉鱼、摸田螺，也到山上砍柴，一方面自己吃、用，有时候也拿到集市上卖点钱，买些自己需要的东西。这田坑对于罗则同来说，就不仅仅是玩耍的地方，也是赖以生存的地方。小时候，罗则同看到河里的鱼儿游来游去，肚子里会咕咕叫，他会习惯性抽动鼻子，好像那是煎得金黄的小河鱼，或者是用咸菜汁炖得喷香的小河鱼，夹一条，放在稠稀饭碗里，那种感觉啊，一直是罗则同的最爱。罗苏妍就经常到菜市场买小河鱼，让罗则同过过嘴瘾。罗则同感慨地说：“许多时候，对于家乡的记忆，其实上是饮食的记忆，是味蕾上的乡愁。”

罗则同没有看到田坑里有鱼游来游去。田坑只剩下中间一条细细的水流，水面上各种垃圾漂浮。两边野草疯长，河道两旁，被开垦成菜园子，芋头、芥菜等各种蔬菜长势不错。菜园里还零星散落着一些空农药瓶子。他蹲下来，用一根树枝在水草从中搅动，还是没看到鱼。他干脆把鞋子脱来下，走进水里，依然没有。罗则同很惆怅地上岸，好像有什么东西丢了一样。他继续往前行走，感觉空气中有一种不一样的味道，他使劲抽了抽鼻子，清新的空气中有种浊味，好像一个蹩脚的厨师，在美味里加进不合适的调料。罗则同有点烦闷起来。

罗则同张望的时候，看到老拐在打扫村道。老拐自从陈一关协调让他回到村里当保洁员以后，非常用心，他既可以就近照顾病瘫的父亲，还有一份收入。

“怎么样？感觉回到村里如何。”罗则同和老拐招呼到。

“很好啊，我以前也想回来，我父亲病得那样子，除非确实没办法，要不然谁愿意把他一个人扔在病床了。可是要尽孝就要活得下去，连饭都吃不上，连给他买药的钱都没有，孝顺就是一句屁话。感谢政府，让我有这份工作。”罗则同看得出老拐从心底里的感激。

“你看看现在村庄这样打扫，还有什么问题？”罗则同问老拐。

“这大路是我打扫，但每个人的家门口，还是要自己打扫。要不然就是大路干净了，家门口反而不干净。你看各家各户，门口还是比较乱，还有那些人在外地的，门口都长草了，蛇啊，老鼠啊，都不知道什么时候跑出来。”罗则同听了，点点头，他发现老拐看问题还是挺准的。

“还有啊，就是那些没用的厕所，以前是粪尿争着要，现在没人要了，厕所里都有一些底，臭味到处飘。”罗则同知道自己刚才感觉到的异味是从哪里来的了。他让老拐继续打扫，让他有什么发现随时可以告诉自己。

罗则同走近一个厕所，有股味道迎面而来，粪坑里还有残留物，发出一股难闻的味道，有苍蝇和蚊子飞舞。以前村里的厕所都是露天厕所，简单分成男女，有的甚至连男女都没有分，厕所用的是简单的木门或者草帘，有时候人走近了，里面的人会咳嗽一下提醒有人，有时候外面的比较急，或者里面的人没感觉到还是没来得及发出声音提醒，就会出现一些意外，但大家要么惊叫一声，要么笑着说两句，退出去，不会有什么纠纷。罗则同记得，以前厕所在正常使用的时候，下雨之后，粪池会进水，粪水比较满，屎刚刚拉出来，经验老到的村民在屎坨掉进粪水的那瞬间，会把屁股稍微往上提，否则溅起的粪水会沾到屁股。夏天是一种清凉，冬天则是冷得一哆嗦，关键是想想粪水挂在屁股上，很恶心。

当时的厕所不少，不仅仅是为了上厕所方便，还有一个功能就是收集粪尿。有了厕所，人的屎尿有了收集的地方，猪圈里的猪屎、牛栏里的牛粪，甚至路上的狗屎等，也都会汇总倒到厕所里。那时候没有那么多化肥，这些粪尿倒在一起，就是田地里需要的肥料了，让谁到自家厕所挑粪尿去地里，相当于后来的借化肥。厕所某种程度上是一种比较重要的生产工具，分布就很多而且随意，也就有了村居们遇到困难时的那句："我就是卖了厕所地也要去做。"

当年罗则同读书的时候，因为没钱，担心即使考上大学也上不起，想放弃，村邻遇到他的时候，说得最多的一句话也是："你就认真读书，好好读书，只要你考得上，我们就是卖了厕所地也要让你上学。"他考上大学那年，学费基本上是村民送来的零钞，堆满了他家那张木头小方桌。罗则同要记账，村民就说："记什么账啊，你能上大学，就是我们田背村的骄傲和希望。何况我们还没卖厕所地。"罗则同每每说到这个细节，就有要流泪的感觉。

罗则同站在厕所面前，耳边又回荡起这句话。现在厕所几乎已经退出生产生活了，还在使用的已经不多，就像那些锄头镰刀，以前是重要农具，现在要么挂在墙上要么倚靠在墙角，寂寞地生锈。是该想办法解决这个问题了，罗则同在心里念叨。这也许是自己回到村里需要马上解决的一件事。罗则同继续在村里转悠，遇到村民就打个招呼，有的停下来聊几句。

3

罗则同这几天一直在村里转来转去，转到山脚的时候，看到一个老人正在干活。这个老人叫罗乙山，他是村里有名的养蜂人。罗则同对养蜜蜂不陌生，小的时候村里就有一个养蜜蜂的，是罗乙山的父亲，罗则同经常看罗乙山的父亲干活，看他收蜜、给蜜蜂分箱，还跟着他去山上把野生的蜜蜂收回来饲养。罗则同小时候没少吃他家的蜂蜜。罗则同看到罗乙山在忙，就走过去跟他打招呼："现在这个行情怎么样啊？"

老人摇了摇头说："蜂蜜倒是不少，这山里各种花都有，但是蜂蜜不好卖啊。这么好的东西呢，一斤卖 20 块钱都还卖不出去，家里还存了好几千斤呢。想不管吧，又舍不得不管，存下来也不知道怎么办。"老人摇了摇头。

"我来帮你想想办法。"罗则同安慰老人。"这村里人太少了，平时没多少人来，寄到外面卖，人家又担心这蜜不好，等着人来收购，如果没有人也是没办法。"老人摇头叹息。

对，要让人知道这是好东西。罗则同突然想到陈顺意，他马上给陈顺意打了一个电话，把罗乙山的事说了，让陈顺意来这边做直播，看能否把蜂蜜推销出去。罗则同还和刘妍婷说了这事，说借助刘妍婷的直播间，让陈顺意练练手，推动他成熟起来，刘妍婷利索地答应了。罗则同还和刘妍婷聊了一阵，希望借助刘妍婷"老味道"的销售平台，不仅仅把蜂蜜，还有村里的其他东西卖出去。"酒香就怕巷子深，好东西还要会吆喝。"罗则同颇有感触。

陈顺意动作很快，当天下午就和小伙伴们到了村里。他看到罗乙山的蜂箱、飞进飞出的蜜蜂，还有库存的蜂蜜，很兴奋，答应第二天就来做直播。罗则同让陈顺意和罗乙山自己去谈如何结算。罗乙山开始的时候说无所谓，只要能把积存的蜂蜜卖出去就好，但罗则同不同意，他说："还是要先谈好，不要等猪杀了，甚至把猪肉都卖出去了才谈价格，要有契约意识和契约精神，把条条框框定清楚，还要签合同。不仅仅这次，以后也这样。"罗则同看过太多类似这样的事情，开始的时候大家都好说，后来就出现许多问题，甚至纠纷。"杀猪前先谈价钱。"这是罗则同的原则。

经过商量，陈顺意和罗乙山商定，罗乙山要配合陈顺意做直播，卖出去的蜂蜜按每斤 30 元付给罗乙山。陈顺意还和刘妍婷说定，他借助"老味道"的直播间、借助"老味道"的平台销售蜂蜜，开始的时候是无偿使用，如果以后批量销售，刘妍婷要收取适当费用。"只有建立利益共享机制才会长效发展。"陈顺意牢牢记住陈一关和他说的这句话。

第二天，陈顺意就开始"大山里的甜蜜事业"直播了。陈顺意跟着罗乙山收蜜、尝蜜，还直播蜜蜂飞舞的画面、请医生介绍喝蜂蜜水的种种好处等，直播间一下子就火了，有粉丝当场下单，一场直播下来，卖了几百斤的蜂蜜，这让罗乙山有点意外。他开始的时候根本不相信几个小孩子在那边说说笑笑，拍拍照片、视频就能卖出蜂蜜，只是碍于罗则同的热心，配合陈顺意这几个小孩子玩玩。陈顺意在直播结束的时候预告，第二天要和小伙伴到山上拍摄森林，直播间又是一场热闹，有些人直言期待，甚至有的人都想跑过来玩。罗则同看着兴奋的陈顺意等人，也是连声感谢和鼓励，希望他们多想想办法，多做几场直播。

酒香也怕巷子深，须多做几场直播。当天晚上，罗则同一直在琢磨这件事。田背村一直以来，除了田春荷那个"微心愿"和老拐引发的舆情等几件事，几乎没有正面的声音，卓可说过："好事不出门，坏事传千里。做了一堆好事，到头来没几个人知道。出了一件糗事，马上满城风雨。"

对，直播。罗则同突然有个想法，他立刻打电话给陈一关。

“直播村党支部书记选举过程？直播厅官如何当选村党支部书记？这个点子很好。本来厅官回乡当党支部书记肯定就是一个热点新闻，如果再来场直播，会更火，我考虑考虑。”陈一关想了一会，还是觉得这个是好事，就马上向吴高仁汇报。吴高仁沉吟一会，拍板道：“干，这无非是把事后的热点挪到事中，来个全过程公开。不过，你要盯紧，把好事做好。”陈一关把直播活动和卓可、周见山以及罗则同说了，约定第二天再好好商议商议。

“开弓没有回头箭。现在不是做不做的问题，而是如何做好的问题。”陈一关和大家说。

“我是自愿把自己推到一个没有退路的境地。现在有些事就是太容易有退路，太想有退路，还没想到赢就先想到输，缺乏背水一战的精神。因为有退路，所以进取心就不够，勇往直前的魄力就不足。”罗则同发了一通感慨。

“战略上要藐视，战术上要重视。”陈一关定调。几个人就整个会议的细节做了认真推敲，决定要做就干脆做到底，提前一天预告。

预告一出，马上成为热点。田背村党员大会在众多关注的目光中举行，罗则同满票当选田背村党支部书记。对于选举结果，网民没有太多的意外，关键的是罗则同“厅官回乡当村党支部书记”，关注的是罗则同在当选后的表态发言。一时间，“厅官当村党支部书记”“现代版的告老还乡”“新时期乡绅文化的一种探索”等成为网络热词，田背村一下子就出名了，好像一个村姑突然间被推到公众的面前。根据吴高仁的要求，县电视台提前准备的几个有关田背村生态、茶叶等几个小视频也跟着火了。陈顺意的团队更像打了鸡血，直播间连轴转，卖了1000多瓶蜂蜜、田背村的茶叶，还有他们山上采的草药也火了一把。

“我们要开始做事了。”罗则同召集召开支委会。“这次直播重点是选举，镜头对着的是会议室。其他小视频是提前准备的，都是挑好的说。现在村里出名了，到时候有人来了，我相信大家都知道哪些上不得台面。我觉得发展经济要认真谋划，村庄面貌要先改变，就像一个人，有没有钱是一回事，穿名牌还是地摊货是一回事，但首先要先把脸洗干净，把衣服收拾整齐了。一个人，眼角有眼屎，嘴边是口水的痕迹，头发乱糟糟，衣服不是缺扣子就是扣错扣子，或者这边一块污迹那边沾点泥巴，人家一看就想站开一点。所以，第一个干的事就是田背村的‘净脸工程’。把那些废弃不用的猪圈、厕所给拆了，把路旁的垃圾堆，房前屋后的垃圾清理干净，要让人看到清清爽爽的田背村，而不是邋里邋遢。说好了，所有的猪圈、厕所都是无偿拆除，谁家的孩子谁抱走，自己拆，其他的村民协助。厕所全村统一规划，到时候建哪里，怎么建统一安排。趁这次换届，不少外出的村民有回来，下午开村民大会，统一安排。”

田背村村民大会在村小学操场举行，全村在家的人员都参加。罗则同在大会上说了一些事，掏心掏肺地和村民交流：“田背村要改变面貌，靠的是大家，不是一个人或者几个人。家是所有家人的，村是所有村民的，没有人是客人，大家都是主人。因为想改变田背村，我从省城回来了，因为我是田背村的一员。所有的人，不管你现在是否居住在田背村，田背村都是你们的，田背村是大家的。”罗则同在村里的威信本来就很高，他掏心窝的话一说，就像一个火苗点到一堆柴火，轰地一下把村民的热情给拉了起来。

罗则同就“净脸工程”做了安排，发动大家先把房前屋后收拾整齐，把杂物、垃圾清理干净，把废弃的猪圈、厕所全部拆了。说动手就动手，会议一结束马上动手。罗则同知道这股热情一定不能让它冷下来，旺火烧过了就会成小火，最后就是火灰。抓住时机很关键，罗则同太清楚这点。他把所有的村干部全部派到不同的点，督促、指导“净脸工程”，自己带了几个人，挨个点检查过去。碰到一些厕所、猪圈拆除人手不够的，马上协调安排。那些人在外地的，当场打电话，要么自己马上回来拆，要么村里安排人拆。

罗则同清楚，有些说人手不够也许是实情，也许是另有想法，既然他们能找借口，就是好事，说明他们也怕舆论的压力，还有思想压力。“一人一口唾沫就能把他淹死”，罗则同就清楚这事更拖不得。一个人有了小症状就要及时处理，否则久拖成病，当医生这样，当干部也要这样。罗则同想起陈一关曾经和他聊过这观点。

五天过去，田背村所有的废弃厕所、猪圈全部拆除到位，房前屋后也有了很大的改观。“嗯，这村姑脸一洗，俊俏了不少。但还不够，还要打扮打扮。”罗则同和田河水等村干部和镇挂钩田背村的工作队长小鲁说。小鲁是镇扶贫办主任，被罗则同挖来当田背村工作队长。

4

罗则同把目光盯住村里的小河田坑。罗则同和小鲁说：“以前想到田坑的小河鱼会馋得流口水，可是现在看看那些水、那些垃圾。现在不是流口水，而是会吐酸水，恶心的。”罗则同把村干部都拉到河边，让大家好好看看。“我相信大家以前都在这水里游泳过，说是要到端午节才能下水，但基本都提前了。端午节过后，中午时分有几个人不是泡在水里。打水仗、比赛潜水等。在场的这些人，有几个没有因为整天泡在水里被大人骂过或者打过。可是骂过打过还是抵不过诱惑，还是往河里跑。因为河水清啊，泡起来舒服啊。可现在呢？这能叫河，水洼还差不多？还能潜水？我看有些地方，蹲下去连屁股都淹不了。”大家想笑不敢笑。“还有河道上这些菜园子，不要说好看不好看。这简直就是好好一个女人，脸上长满了雀斑。有些人可能会说，这些菜是风景，其实这属于不会打扮的女人，把自己打扮得乱七八糟。关键的是泄洪，夏天发大水的时候，河道是不是通不了，河两边的田地是不是被淹了?”

田河水带头说:“没说的,拔,现在马上拔。村干部带头拔,现在马上动手。村看村,户看户,村民看干部。厕所和猪圈都能说拆就拆,不就是一些菜吗?”

“还真不一样。厕所、猪圈大家都基本没在用了,可是这菜园子不同啊。种这些菜,可是可以用来吃的。再说了,其他的人有的还好说,就单单罗了山这个人就很难剃头。这老头子年年种南瓜,连河道里也种南瓜,南瓜吃不完,送也送不完,他还种,南瓜就是他的命。”村副主任罗见树说。

“没事,以前干革命都逢山开路遇水搭桥,罗了山我来解决。马上通知有菜园子的人前来清理。还是那道理,谁家的孩子谁抱走,不能只管生不管埋。”罗则同挥挥手。小鲁很喜欢看罗则同挥手的样子,他觉得这是一种气势。“以势压人”,小鲁想起这句话,干工作这气势很重要。

罗则同知道罗了山。村里的人,只要上了年纪,罗则同基本都知道。当年罗则同父母早逝,村里很多人帮过罗则同。罗则同也没有全部靠大家,他知道其实大家也不容易,能给他一口饭吃是人情,但不能就此认为是天经地义。他用清闲的时候上山砍柴下河摸鱼,村里有谁家需要干活了,他也主动帮忙,这村里的人罗则同就很熟悉了。罗则同的小学老师田科人就曾经说过:“这孩子能吃苦,懂得感恩,以后会有成就的。”

田河水带头把河道里菜园子的菜拔起来,他的老婆匆匆赶过来,“你那么着急拔菜干什么?如果其他人不拔,我们不是白拔了?”

田河水急了:“你赶快回家去,我是干部,我不带头谁带头?”

田河水的老婆也急:“你村干部带头,可是如果罗了山不拔,谁带头都没用。”

田河水吼了一声:“别乱说,厕所、猪圈都拆了,这不是几棵菜吗？再说罗书记在这里呢。”

“书记在我也说，我也知道书记是为我们好，要不然人家在省城，吃好的、用好的，吃饱可以去公园散步打太极拳，还用得着回到山村里。可是农村就这样，那些厕所没人用了，猪圈也不养猪了，拆了就拆了，但菜园子长菜啊，没有菜，你天天用盐配饭？还有啊，这罗了山，谁动他，他就要跟谁拼命，谁敢动他？他是赤脚的不怕穿鞋的。你们可不能柿子捡软的捏。”大家正在说，罗了山扛着一把锄头走过来了，接到通知赶过来的一些村民也小声嘀咕：“看看，麻烦来了吧。就是嘛，不要欺软怕硬啊。”

罗了山人还没到就开口：“谁说我不拔了？拔，我自己动手拔。”刚走到菜园子就自己动手，哗啦啦地挖开了。几个人都愣了：罗了山扛着锄头不是来拼命的？以前哪次不是要动他的南瓜他就扛着锄头赶来，说谁敢动他就给谁一锄头，今天这是怎么了？

“别发愣了，赶快动手吧。”罗则同说道。

别人不知道，小鲁可是知道为了这田坑河道清理，罗则同动了一些心思。罗则同有个晚上带着小鲁去看了田科人。罗则同和小鲁到了的时候，田科人正自己一个人泡茶，一个炭炉，炭火正旺，小泥壶水开了，一把壶，三个小杯，电视里放着潮剧，田科人还跟着哼唱几句。看到罗则同，连忙招呼坐下喝茶。罗则同目光从屋里扫过，这房子是两层的土木结构，收拾得很干净、整洁，靠近墙角的地方，摆放着锄头、畚箕、犁、风柜、箩筐等各种农具，墙上挂着蓑衣、斗笠、丝瓜布等。除此之外，地上还摆放着一溜儿的大大小小的金黄色南瓜。罗则同眼前一亮：“那么多南瓜啊。”

田科人说，“这是罗了山种的，他家里比较小，没地方放。这些南瓜，太多了，吃不了，以前还用来养猪，现在没养猪了，送人也就要那么一两个旧够了。想想也是，现在日子是越来越好过了，以前有南瓜吃就很好了，那是活命，现在吃南瓜，那就是讲究。以前一煮一大锅，现在一人一小碗，或者就那么一个南瓜饼，吃不了多少南瓜。以前罗了山送最多的是那些贫困户，贫困户后来也脱贫了，再说了，贫困户也不能天天吃南瓜。”

“以前是在家里吃地瓜叶，现在是在酒店吃地瓜叶。以前吃萝卜苗是无奈，现在吃萝卜苗是阔气。以前，吃一餐饱饭是梦想，现在故意不吃饱说是养生。”小鲁插话道。

“怎么？你想动罗了山河道里的南瓜地？”田科人给罗则同再倒了一杯茶。

“老师就是厉害，我那天去河边转了一圈，您就知道想干什么？”

“你是我的学生，我还不知道你，以为当领导了，就不服了？”

“不敢，不敢，我永远都是您的学生，我可不敢翘尾巴。”

“哈哈，这个也就是开开玩笑。青出于蓝而胜于蓝本来就应该，我一个小学老师，知道自己斤两。其实大家都知道这河道要清理，问题是没有一个能够镇得住叫得响的带头人，这清理也就半途而废，说说就没了。要不然，这村庄就蓬头垢面，山倒是清，水可不秀。脱贫了，村庄还乱糟糟，就不是真脱贫。脱贫不仅仅生活要脱贫，心态、精神更要脱贫，现在不是都在讲脱贫攻坚与乡村振兴有效衔接吗？如果连村庄面貌都搞不好，其他都是空话。”

“老师厉害啊，说的话有高度。”罗则同大笑。

“我是退休了，可还没脑梗死，还是关心政策的。这脑袋，要常想想，才不会老年痴呆。没事，放心，了山马上就到。”

“我觉得还是我上门到他家比较好。”罗则同说。

“好，这样会更好。我和你一起去。”他们马上站起来，去罗了山家。

路上，边闲聊，罗则同的思路边飘开，他记得自己和陈一关交流过。“其实群众工作说复杂复杂，说简单也简单，不要老通知村民到村部，经常上门走走，不要嫌他家穷，不要嫌他家卫生不好，该坐坐，该喝茶就喝茶，他就觉得你看得起他，有一些事情就好解决。”以前罗则同过年回家，他到家后干的一件事就是口袋里装几包烟，一家一家转过去，撒烟、喝茶，不管这户人家泡什么茶，茶杯干不干净，罗则同都端起来就喝，没有一点嫌弃的意思。乡亲们都说罗则同这个人好，没有忘本。

罗则同几个人走进一间土建的平房，正在喝茶的罗了山站了起来，房间很简陋，除了一张床，一张桌子，几张竹椅，最多的就是到处堆放的南瓜了。罗了山把竹椅让给罗则同和田科人坐。田科人看着那些南瓜，说：“种南瓜可是了山的特长。南瓜就像是他的命。别人种的南瓜不一定生得好，他种的南瓜都是一串一串的生。”

罗了山不好意思地摆摆手：“南瓜是我的命。我小时候就是吃南瓜长大的，没有南瓜，我早就饿死了。”

“我知道，我可吃过不少你种的南瓜。”罗则同接过话头，“煮南瓜、炒南瓜、烙南瓜饼，还有炒南瓜子。我可都还记得。”

“我现在是不靠南瓜过日子了，我身体有病，政府把我定为贫困户，我现在日子虽然比不上有些人，但我也很满足。如果不是政府，我可不敢想有这些日子。但我还是喜欢种南瓜。我不想让别人觉得我是个没有一点用处的废人，我至少还可以种南瓜，我把种出来的南瓜送给镇里学校的食堂，送给邻居们，他们至少还知道我是个会种南瓜的人。”

“我给你一片地，给你几个帮手，让你种南瓜，还让你当村里的种南瓜技术指导，在村里合适的空地种南瓜。干不干？”罗则同问罗了山。罗了山一愣：“我一个人种南瓜就吃不完了，还种一片？”

“以后啊，你种的南瓜我保证供不应求，销路我来保证。不过啊，怎么种听你的，种在哪里要听我的。还有河道里那些你占的地全部退出来。”罗则同挥挥手。

“好，只要让我种南瓜，其他的都好说。你给我一块地种南瓜，我要河道那一点地干什么？再说了，科人兄都和我说了，你肯定要打河道的主意，让我一定不能当钉子户。政府都帮我脱贫了，我怎么能当钉子户？别人的话我不一定听，但科人兄的话我一定听，现在加你罗书记一个，因为你让我种南瓜。我知道你为了大家好。”

罗了山不阻拦，河道清理也就顺畅推进。小鲁和陈一关说：“罗书记的号召力还真大。”

“嗯，这不仅仅是因为他的级别，是厅级干部，关键大家熟悉他、认可他，知道他从省城回来是要带大家过上好日子的，没有自己的私心杂念。”和小鲁聊完，陈一关给罗则同打了电话：“罗书记，这净脸工程如何？”

“我现在只是洗洗脸，但净脸可不仅仅是洗脸，还要刮胡子、剪鼻毛，要理头发，而且不能一次就结束。净脸一次容易，但长期保持干净可不容易，一句话，路才刚刚开始，路还长着呢。”

“看来你对这净脸工程颇有心得。不过，记得回家看看，不然嫂子以后更怪我。”

“怎么，害怕了？当初动我心思的时候没有考虑到这个？放心，你嫂子她就是刀子嘴豆腐心，过一阵子就好了。你年轻人还操心我老头子的事情？找个时间过来看看，帮我望闻问切一下。你这中医世家别荒废了专业，要不然你爷爷会骂你了。”

“一定，一定。”陈一关放下电话，念叨了一句：“有意思。越来越有意思了。”他好像一个高明的导演，看着剧情顺利地推进。他摸了摸下巴，才发现下巴光亮，没有摸到预想中的胡子。他掏出手机，给吴高仁打电话，“高见”和“低音”在电话里又是一通热闹。

5

罗则同跑了一趟省城，用陈一关的话说是回家述职，罗则同却说这不是主要目的，主要目的是项目。能够当到厅级干部，工作上遇到沟沟坎坎自然不在少数，面对疑难杂症都能解决，安抚老婆罗苏妍则是小菜一碟。罗则同回到家，把手机里的照片给罗苏妍一看，说了说他在田背村的所作所为，罗苏妍的脸马上就多云转晴。其实罗苏妍知道罗则同的脾气和心中所想，他既然决定回乡，那就无法更改。

“人家说衣锦还乡，你却是回去啃骨头。如果你牙口不好，骨头没啃成，还会崩了牙齿。以前回乡人家还一口一个领导，不要以后都没人理你，甚至是骂你。”

“这个没事，我不计较一时一人得失，我只要问心无愧。当时我需要人帮助的时候，乡亲们那么困难，他们都帮助了我，这时候他们需要我的帮助，如果我因为那些虚名就甩手不干，到时候到地下，我父母肯定得把我骂得再死一次。”罗则同拍了拍罗苏妍的肩膀。

“好了，好了，这些大道理我都懂，我不是担心你嘛。还有就是担心你受不了村里的生活。”

“没问题啊，你看我这身体，白天一忙，晚上睡觉特别香，而且，根本不用担心一天一万步的任务完成了没有。我哪天不是超过一万步？放心，我从小就吃苦，没那么矫情。”

两人聊了很多话题。罗则同知道自己老婆，心眼很好，而且也分得清是非轻重，只是一下子头脑拐不过弯来，还有就是担心自己的身体。

“好了，我去做饭了。还有啊，告诉一关，别想躲着我，我会去县里找他的。如果从此不登家门，下次见面就不是这个样子了。”

“好，就是，把我这么好的萝卜挖到田背村这个抗，然后转身就不见人，这不行。有了我这个好萝卜，他至少得弄几个南瓜给你。”罗则同故意说道。

“什么萝卜，南瓜？”罗苏妍不太清楚。罗则同就把吴高仁的萝卜、坑，还有罗了山的南瓜等事告诉罗苏妍，罗苏妍听了，无奈地说："人家说物以类聚人以群分，说的就是你们这些人。"

罗则同打电话给陈一关，张口就说："警报解除，以后你可以安心到家里，不用担心被赶出去。"两个人在电话里又聊了一通工作。

罗则同在省城家里住了几天，准备回村里。罗苏妍把他吃的降压药准备好，就有点不耐烦地说："走，走，赶紧走。这几天回来，把家当宾馆，就是回来睡觉、吃饭。我看啊，我这个家以后就是田背村驻省城的办事处了。"

罗则同笑笑："你这个刀子嘴。"不过罗则同想想，确实有这么回事，这几天自己都把卓可、小鲁都叫到省城，带他们回家吃了一餐饭，还几次把客厅当会议室，在那商量老半天的事情。

回到村里没几天，罗则同就在忙乎招投标的事情。田背村的道路是前几年硬化的，不过只有 3.5 米宽。"路那么小，怎么能走出致富奔小康的步伐？司机全程都在担心哪里交汇车，农产品都运不出去，经济怎么发展得起来？"罗则同和陈一关说："我可不是来当环卫工人，仅仅清理垃圾，清理河道。"他跑省城其中一个项目就是农村道路拼宽的事情。他要把进村的道路拼宽成 5 米。这个工程单单靠村里、镇里解决不了问题，他要从省城找资金。

"以前官员退休告老还乡，都还有个鸣锣开道，带些牌匾什么的回去，然后在县志里留下那么几行字。你现在可要充分发挥优势，找一些项目回来落地。这些项目就是您的牌匾。"罗则同见陈一关笑得灿烂，指着陈一关说："我看你这个人很狡猾，头脑里弯弯绕绕不少。"

罗则同回来的时候，田坑的河道已经清理得差不多了。罗则同出发前安排了一个工程队，带着挖掘机把河道里淤积的地方全部清理了。"以前能游泳、能潜水，现在要么淹不过膝盖，要么没不了屁股，这不行。"田河水负责河道清理，他这个人原来一条筋，这筋如果方向错了，很难改，是个毛病，现在让罗则同把方向撸直了，就是优点，就是坚持到底了。他尽心盯着，工程进展很快。罗则同让他在河道清理结束后，买一些鱼苗放到河里：“不仅要水清，还要鱼欢。鱼欢首先要看见鱼。”

“水清鱼欢，想想就激动。”小鲁一脸向往。“有希望就有干劲，这是好事。”罗则同让小鲁起草一个通告，全村所有河道禁止电鱼、禁止毒鱼。罗则同以前看见过毒鱼，毒鱼的芦藤汁一倒下去，整条河道的鱼都翻了肚皮。罗则同说那属于断子绝孙捕鱼法，一电一毒，不区分大小就会一网打尽，所以先禁止，要不然放再多的鱼苗也没用。

“净脸，不仅仅过过水，还要把眼屎擦干净，要把胡子刮干净，鼻毛剪清楚。这脸才算净。”罗则同在全村禁止随意扔农药瓶子，空的农药瓶子要交到村里。罗则同让小鲁通知出去，发动村民到田背村辖区内捡原来乱扔的农药瓶子，交一个农药瓶子补 5 角钱。特别是发动村里的小孩子，让他们利用周末去捡农药瓶子。

“不能所有的事都靠义务，都靠热情，有一些还是要有点利益驱动，这样才能长久。”对于罗则同这个做法，陈一关很认同：“热情是会消退的，只有长效机制才能长久。乡村工作要避免热一阵冷一阵，就是需要切实可行的长效机制。不能头过身就过。”

“书记，这不捡不知道，平时也知道农药瓶子不少，但没想到这么多。就半个月，都拉走两大车了。不过，有些人到邻村去捡了，拿回来凑数。”小鲁有点不高兴。“这在所难免，小聪明嘛。现在没那么多经费，我只能管本村，其他偷偷凑数，我只能睁一只眼闭一只眼。我没办法做到完全放开，鼓励大家到别村辖区去捡农药瓶子。我这也算是自扫家门雪。来，小鲁啊，我考考你，你怎么看待‘各人自扫门前雪，休管他人瓦上霜’这句话。”

“这句话，嗯，这句话看起来是不对，说人格局不够，自私。但我觉得应该也没错，自家门前雪自己不扫，难道等别人来扫？再说了，一屋不扫何以扫天下？成就大事也要从做好自己的事开始。”小鲁说得有点犹豫。

“没错，你会从不同角度考虑问题。大家都各扫门前雪，这世界不就没有雪了吗？所以，下一步，要把各人房前屋后整理清楚。水稻不长稗子就长。”

罗则同再次召集群众大会。他觉得开会是个好办法，在大会上把道理讲清楚，有什么问题在大会上讨论解决，这比思想不统一然后在后面嘀嘀咕咕好多了，也比挨家挨户做思想工作轻松管用。他让大家在房前屋后种花草种树种菜，一句话，不能荒废不管，但也不讲究一定要种花草，只要能整洁整齐就可以。

“个性化才是特色，才是亮点。现在有的地方，一说村容整洁，好像就知道要钱或者发动企业家捐资，然后找人设计，搞公园，种花草和名贵树木，这简直就是好好的经让歪嘴和尚给念歪了。你看多少的村容，开始的时候整得很漂亮，可是没有管理。过一段时间，野草长出来了，村庄公园荒芜了，还有一些人，新官不理旧账，都想打造刻有自己印记的点，前任搞得再好，到时候都不是自己的政绩，都是延续别人的旧路，所以一上来就选新点，都想打上自己的印记，刻上自己的烙印，不管有没有实用，不管是否是劳民伤财。一张蓝图画到底，一任接着一任干就成为为一句空话。”吴高仁有一次在会上说村容整洁，越说越来气，差点就拍桌子。卓可在心里暗暗松了一口气，他当时看到罗则同的“净脸工程”，预判后面罗则同会提出村庄绿化的事情，他也想搞个村庄公园，在头脑中都有了初步的想法，幸亏还没把自己的想法端出来，要不然就撞到吴书记的枪口。

罗则同给村民定了调，种什么自己选，但要管理，家人长期外出的，可以托给村里管，村里要成立一家公司，接受村民委托，代管这些事务，公司适当收取一点费用。村民在家的，可以自己管，也可以托管。房前屋后的菜园子不能粗放、随意，要用竹篱笆围起来。鸡鸭可以养，但成群的要圈养，零星几只的可以散养，及时清理鸡鸭粪便就可以，不能搞得到处都是粪便。“村庄就要有村庄的气息，要有生活的味道，如果把村庄纯粹当景点就偏了。如果一个村庄连几只鸡鸭都没有，那还算是村庄吗?”罗则同在电话里和陈一关嘀咕。

村里很快就热闹起来。房前屋后，有人在菜园里种菜，有人在扎竹篱笆。罗了山那积极性高涨得不得了，在罗则同划给他种南瓜的那块地上忙活。罗则同还让田河水找了几个人归罗了山指挥，他们准备专门开设南瓜园，村民如果有兴趣，也可以在自己房前屋后种南瓜。在南瓜小的时候，他们就用上各类模具，让南瓜长成各种各样，还可以在上面印字，准备让有兴趣的人来认养南瓜。平时村民代管，认养人在周末可以来看南瓜，到收获的时候自己来摘南瓜，然后自己做南瓜饼、炒南瓜子。罗了山准备把田背村搞成南瓜第一村，种南瓜、卖南瓜、吃南瓜、看南瓜。罗了山说这不是自己的想法，这想法是罗建安的点子。

6

罗建安属于罗则同的侄辈，早年出外打工，从一个销售人员起步，后来成立了公司，自己当老板。罗建安说自己是罗则同看着长大的，罗则同就任村党支部书记之后，曾经找罗建安深谈了一次。

“罗叔，需要我做什么，您尽管开口，捐钱捐物，只要我能做到，我绝不二话。我这条命都是您给的，我有今天也是您给的。”罗建安小的时候，得过一次大病，眼看就不行了，当时他父亲把村里赤脚医生请到家里，赤脚医生用听筒听听心率，把把脉，摇摇头，连针都不敢打，收拾医药箱走人。罗建安的母亲哭得瘫倒在地，父亲也是泪流满面但丝毫没有办法。刚好回家的罗则同路过他家门口，吼了一嗓子：“赶快送医院。”罗建安的父亲说：“医院那么远，送到也没用了，再说家里也没钱”。

那时候田背村还没通公路，罗则同回家也是把车停在5公里外的村庄。罗则同二话不说，背起罗建安就走。罗建安的父亲和叔叔们赶快跟上，几个人轮流接力，把罗建安背到公路旁。罗则同用自己的车把罗建安送到县医院，还垫交了钱，罗建安就此捡回一条命。罗建安出院以后，在罗则同再次回家的时候，父亲带他到罗则同家里，长跪在罗则同面前，磕了三个头。

“不谈这个，当年你那磕的三个头，已经把人情还了。再说，人知道感恩是好事，但我不能利用你的感恩心理要求你做什么。那就是道德绑架。你现在是一只凤凰了，我要的是把村庄建好，栽好梧桐树，让大家自愿回归。对于老家，有没有发自内心的认同感，这至关重要。要不然，我能把大家拉回一段时间，也不能拉回一辈子。你现在用你的规划设计团队，为村里做一个村庄规划。我们不能想到什么做什么，要么拆了建建了拆，重复建设浪费金钱；要么像一件衣服，补丁摞补丁，最后连底色是什么都不清楚。这个你在行，先做，以后有经费叔会付钱，先挂账。”罗则同边泡茶边说。

“叔，你说什么呢？这村庄也是我的家，想想自己家怎么布置谈什么钱。”罗建安赶快抢着泡茶。

“这不行，该用市场手段就得用市场手段，否则依然没有后劲。你是否记得？小时候家里没盐，会到邻居家借盐，等买了盐，就赶紧把盐还上，不能因为一点盐不还，要不然下次需要就借不上了。”

“嗯，我还记得。有次我妈到邻居家借米，用米筒量的，借的是平的，等还的时候，是尖的。我妈说借平还尖，这是老规矩，也是记住帮我们的人的好。我后来明白，那也不能简单理解为利息，而是人情，是感恩。这家风我牢牢记得，可是现在很多东西已经没有了。”

“我最近在想，我们几个外出的也在聊，其实您回来我们也看到希望。我们希望有人带着整村的人奔跑。一个公司如何发展，老板很关键，一个村庄，村党支部书记很关键。但我觉得，我们要厘清思路，我们整个村的定位是什么？产业要怎么发展，这是需要考虑，乡村振兴，规划是关键。如您所言，我们再也不能走一步看一步，我们走一步要看好几步，随意走，撞墙了才要回头，成本太大。”

“规划要做，人心要聚拢，产业要清晰，但其中很关键的一点还要‘净心’。要实现乡村振兴、产业兴旺、生态宜居、乡风文明、治理有效、生活富裕，哪一点都不容易。现在净脸工程是推进了，我还要推进净心工程，我不指望一口吃成胖子，但脚步不能停，要扎实推进，把步子走踏实了。”

“叔，村里赌博的风气该刹一刹了。”

“这就是我说的净心工程的一个重要内容。”

两个人正在聊天。田河水匆匆跑进来，人一进门就嚷嚷道：“罗书记，罗张图几个人被派出所的给抓了。他们躲到村里废弃的小学里赌博，被派出所给抄窝了。”罗建安叹了一口气：“说什么来什么，罗张图搞什么鬼。”

“书记，您要不要去看看？”

“看看，有什么好看的，让我去为他们鼓掌？还是给鼓掌欢送？让派出所办案，该怎么办就怎么办。”

“您要不要和派出所的说一下，要么罚款罚一下就算了，抓到派出所传出去不好听，丢脸。”

“丢脸？这罗张图被派出所的抓了，本来就已经没有脸了。一个村干部，居然带头赌博，他已经不要脸了。我去说情，连我也不要脸了。你听听别人怎么说田背村：赌窝，男的赌，女的也赌，这赌风不刹，迟早完蛋。我早就立下规矩：不为打架的说情，不为赌博的说情，不为造假的说情。以前这样，现在不仅仅这样，我还要把他们当反面典型宣传，派出所处理完，回到村里我要开村民大会，让他们在村民大会上检讨。尤其罗张图，村干部赌博，他就是一颗老鼠屎。”罗则同拍了桌子。田河水不敢吭声。

“小鲁，去，通知其他村干部过来开会，我要用他们当反面教材，田背村的净心工程就从他们这件事开始。”罗则同让闻讯赶来的小鲁通知开会。

罗张图以前因为赌博，曾经给父亲罗张天下跪过。罗张图的母亲刚生下罗张图就因“月内风”去世了。罗张天经常抱着罗张图到村里村外刚好也坐月子的人家“蹭奶”，也就是央求人家让罗张图吃几口奶。更多的是罗张天把煮熟的地瓜、南瓜在碗里捣烂成地瓜糊、南瓜糊，笨手笨脚地喂罗张图，好不容易把罗张图救活了。等罗张图大一点，担心续娶委屈了罗张图，罗张天憋着没有再娶，拉扯罗张图长大。罗张天是外来户，家里又穷，直到罗张图 30 多岁了才张罗着给他娶上老婆，自己却落得一身病痛，早早柱上拐杖。

罗张图知道父亲不容易，所以对父亲既敬又畏。罗张图被派出所拘留 15 天，回到家的时候，啪地就给罗张天跪下了。罗张天坐在堂屋的椅子上，不说话，老泪纵横。罗张图跪在那，也是热泪滚滚，像今天这样跪在罗张天面前，几年前有过一次，也是因为赌牌。那时候不是麻将，是玩扑克，一支牌 5 角钱，罗张图被罗张天揪着耳朵回家，一直跪了 3 个小时，不管罗张图的老婆和他自己最喜欢的孙子以及邻居怎样求情就是不放过，后来让罗张图发了重誓：“如果再赌我就自己剁掉自己的手指头。”才让罗张图起来。

罗张天起身拿来菜刀，拍在桌上，眼睛看也不看罗张图，开口道：“记住你曾经说过的话。”听到动静赶过来的邻居七嘴八舌地劝，罗张天淌着眼泪，说我罗张天没有教好自己的儿子，不能死后还让人说“没教示”。

“爸，他可是你的儿子啊。”罗张图的老婆刚从地里赶回来。

“就因为是我儿子，我要教示好。要不你在地里再拼命做，也不够他赌一次。”

“阿公，你就饶过我爸吧。”从学校赶回来的孙子也求情。罗张天流着泪，摸着孙子的头："男子汉说活就得算话，否则就是放狗屁了。"

罗张图站了起来，抄起菜刀，砰的一声，在大家的惊叫声中，把自己的小指头剁下了一节，手指头还在桌上跳了几下。有邻居说赶快送医院，还能接得上，大家就一阵忙活。罗张天对着罗张图的后背喊："儿子，我不想让你像我爹那样卖妻卖儿。"罗张图很响亮地回答："爹，我知道。我说话算话。"罗张天的泪又流了下来。罗张天的父亲是个赌徒，赌到后来，把罗张天的母亲赌给别人当老婆，把罗张天卖了还赌债，最后被逼赌债的人失手打死。

罗则同赶到的时候，罗张图已经被送往医院，罗张天坐在椅子上流泪。看到罗则同，罗张天柱着拐杖站起来："书记，我没教示好儿子，我对不起你。"

"张天老哥，是我抓禁赌这件事太迟了，如果我一回来就抓这件事，可能就没有今天的事了。是我没做好，对不起你。"

"书记，我甘愿我儿子少了半节手指头，我也要让村里的人知道不能赌博，这是血的教训啊。村里赌博的人不少，听说还有人在外面搞什么电信诈骗的，这不抓，以后这村里的不少年轻人就变坏了。你看看现在一些村里有一些年轻人，开着好车，但又不说自己是干什么，就只是说自己是做生意的，我担心他们不学好啊。"

"我知道，我知道，我会把这件事抓好，我准备开个村民大会，我要让张图几个人在会上悔过。可是现在他手指头这样……"罗则同没想到有剁手指头这事。

"他是手指头受伤，又不是嘴巴受伤，回来我就让他到会上说，说说这手指头剁掉痛不痛。"

罗张图从医院回来以后，村民大会如期召开。罗张图走到台上，举起还包着纱布的手指头，朝拴着拐杖的罗张天磕了三个头，大吼道："我以后如果还赌博，就不是剁手指头，我剁掉整只手。"罗张天在台上讲了自己老爹赌博，把老妈赌输了，自己被老爹卖了还赌债的事，说得老泪纵横。

“罗书记，听到你从净脸工程推到净心工程了，这件事好。村民大会开得好，但好像仅仅一个大会还不够。我这是在关公面前舞大刀了，不过，不舞一舞，怎么知道自己的姿势如何?”陈一关的电话在大会结束后不久打来。

“我很清楚，如果一个会议能够解决的问题，那就不是问题了。我还有后续的工作，而且‘净心’也不仅仅只有一个赌博问题啊。罗张图剁手指头倒是出乎我的意料。虽然他受伤了，成了九指半，但手指残缺总比心灵残缺好。我想找个时间，和你好好聊聊这净心工程。‘净脸’是面子，是有形工程，有形象进度。‘净心’是里子，是无形工程，看不到形象进度啊。清理村庄的垃圾容易，打扫心里的灰尘就没那么简单了。”放下电话，罗则同看着屋外那郁郁葱葱的森林，自言自语：“人心就像这森林，不容易看到树影后面的是什么。在外面看不清楚，那就走进去。”

7

要走进去首先要看清楚。陈一关到田背村的时候，罗则同正在施工现场，罗则同说他正在给村庄装上眼睛。“我两只眼睛看不到村庄的全部，我要让很多双眼睛看着村庄。”这眼睛就是摄像头，罗则同在田背村实施“天眼工程”，在村庄的不同角落装上摄像头。

“我们不是有句话，信任代替不了监督。我觉得不能对村民简单说一句：我相信你们能如何如何，我们还要让村民知道有很多双‘眼睛’监督他们要如何如何。而且我手机终端一点，就知道村庄哪个地方情况如何。”

“行啊，你全身都长满眼睛了。”陈一关打趣道。

“我以前在乡镇工作的时候，要禁止赌博，就在各个村发展了不少眼线，发现有人赌博，马上告诉我，我带着派出所干警，一逮一个准。现在这些摄像头，就是我的眼线。我要让监督的眼睛无处不在。哪个地方有人在赌博，看看就知道，有些东西总是有迹可循。哪些地方在非法电鱼，哪些地方违规野外用火等，我都可以及时发现。”

“恐怕不仅仅是这些吧，你不觉得你还有一些其他企图?”

“不可说，不可说，看破不说破，看破不说破。”罗则同急忙摇手，陈一关哈哈大笑，“看来我这‘望’还是有功底的，虽然不当医生了，本领没有荒废。”

罗则同实施“天眼工程”的时候，还引发了争议。村民觉得装这些摄像头是浪费钱，村庄里就那么一点东西，来来往往的人就是这些人，有必要这样吗?就是罗科人也不太认同，觉得纯朴的村庄本来就有“夜不闭户路不拾遗”的好习惯，装上这些摄像头，觉得有许多双眼睛盯着，而且这些眼睛不像村民的眼睛有温度，而是冷冰冰的，走在村里，突然想起有这些眼睛，路都不会好好走了。

“太好走了，有些就是熟门熟路。这是双刃剑，有些熟门熟路是好事，有些可能就不是了。”罗则同和罗科人好好聊了一阵，聊完之后罗科人不再反对。

两个人正聊得开心，小鲁前来报告。罗建达的爷爷去世了，罗建达的爷爷已经95岁，身体正常，早晨起床的时候，还听着电视里的新闻喝了一碗稀饭，吃完早餐后说自己感觉有点累，要回房间躺一下。没多久，他的孙媳妇想问问他是否要喝水，发现他已经无疾而终。

“一个考验到了。”罗则同看着陈一关，念叨了一句，“这就像游戏打关，看看你这关是否能够顺利通过。”罗则同起身，前往罗建达家。陈一关说：“我就陪你去看看，一个是礼节，另外也是观战，看看我们的罗书记是否顺利通关。”

罗建达是田背村的“大脚”，在外办了多家企业，属于村里先富起来的那部分人，他的财产和村里走出去的几个企业家不是“相打没过田岸”，而是甩了他们好几条街，罗建达绝对是全村最有钱的人。罗建达的爷爷高龄而终，属于喜丧，但他这时候去世，刚好是罗则同要推出一条乡规民约的节骨点，所以罗则同说这是一个考验，但兵来将挡水来土掩，罗则同不可能停下或者放缓脚步，要不然村民会说罗则同：“没牙欺负软。”

罗则同到达的时候，村里有几个人闻讯赶来，罗科人已经在着手商量安排。田背村不同居民点，几乎都有约定俗成的处理丧事的一个班底，有人去世，这些人就第一时间赶到，谁安排后勤、谁负责联络、谁掌管财务，角色都很清晰，一有需要就迅速运转，几乎没有障碍。

“烟花鞭炮的事情，只能你和建达商量。”罗科人看到罗则同，有点担心地说。这对于长期牵头处理丧事的罗科人来说，是首次出现焦虑的情况，属于“老革命碰到新问题。”

罗科人的身份不仅仅是个退休教师那么简单。他一辈子就一个工作单位，就是田背村小学，而且从工作到退休，只教一年级。可以说，田背村的人只要有进学校读书，就是他的学生。而且他资助过不少学生，当年多有孩子交不起学费，几乎都是他先代为垫交。他还牵线当过红娘，村里有数十对夫妻都是他当媒人，平时谁家有什么事，他都热心参与，解决了不少疑难杂症。他在田背村威望很高，属于德高望重的那一个。陈一关曾经和罗则同说过，这罗科人属于乡村名医，虽然不是科班毕业，但医术高超，善于治疗疑难杂症，让自己这中医世家都佩服尊敬。能让罗科人觉得为难的，就不是小事。

罗则同推出的“净心工程”的一部分，就是解决烟花鞭炮的问题。田背村历来有个习惯，叫“吃死人”，谁家有人去世，办理丧事期间，整个居民点除了丧家，其他都停办伙食，不管有没有在帮忙干活的，都在丧家吃饭，而且伙食越办越好，食品丰富，酒也从家酿的米酒到啤酒、葡萄酒直到白酒，档次越来越高，香烟满足供应。罗则同说田背村这习惯，借死人名义大吃，然后又把活人吃得快死了，这"吃死人"含义深刻。不仅仅是吃，出殡那天，沿途燃放烟花鞭炮，说是替死者开道，驱赶闲杂人等，意思和古代官员出巡鸣锣开道一样，很有阵势。曾经有个小学生在作文里写道："我二爷爷出殡那天，烟花鞭炮惊天动地，遮天蔽日。"连老师都没有说这学生是不实描述。一个丧事下来，花费惊人，单单烟花鞭炮，最少的要燃放几千元，多的数万元，甚至上十万元，造成极大浪费。老拐就说这是"死不起"，他曾经和罗则同说，等他父亲差不多了，他就把父亲拉到城里医院，等他在医院咽气，然后就直接从医院送火葬场，这不仅仅是抄近道，关键是省钱。

罗则同还在省城上班的时候，曾经和田河水他们商量如何解决丧事大办的问题。在县、镇政府介入下，"吃死人"这个问题是解决了，除了帮忙的，其他人基本不到场吃饭，伙食上也有改变，全部改成吃面条，就是用大盆上香油拌面，上几盘配菜，管吃饱但不奢华。不过这改革只到半路，就是解决了吃的问题，没有解决燃放烟花鞭炮的问题。罗则同就任书记，和多人探讨之后，一直寻求在这个问题上有实质性突破。其实村民对这习惯基本都是深恶痛绝，但"新例不设旧例不除"，没有人愿意当这个"出头鸟"，担心引来非议。罗则同和村干部以及部分村民商量之后，决定适时推出禁止丧事大肆燃放烟花鞭炮的规定，规定上限不得超过1000元，这项约定得到村民代表大会通过，不过在哪天生效有了分歧。罗则同几个人分析了村里老人的健康情况，推断近期内身体健康状况欠佳有可能去世的人，家属应该不会有大的抵触，就宣布即日生效。没想到人算不如天算，罗建达的爷爷去世，他是否愿意当"出头鸟"？

"这个比较麻烦，建达毕竟家大业大，不让他燃放烟花鞭炮，他可能不愿意承担‘埋不起’这个名声，他又不差钱。再说了，他爷爷在望月岭属于有故事的人，这故事更是个大坎。”罗科人越想越担忧。

“我来和他谈吧。他应该快到了吧？”罗则同深吸一口气。罗建达住在城里，他爷爷平时也住城里，最近才回到望月岭小住一段时间，没想到就在老家去世了。罗建达接到消息就马上往家里赶。

罗建达奶奶去世的时候，曾经惹出一场风波，后来是罗科人和罗则同联合帮他出面解决。当时罗建达还没那么有钱，但也属于全村第一方阵。村里有老人去世，他的奠仪是到了，但人很少回来登门。他的理由是他的时间宝贵，耗不起。有人提醒他，村民实在，不全是看重奠仪，更看重的是否登门，还是应该回来走一趟，毕竟他家有多个老人，以后老人去世也需要别人帮忙。罗建达当年年轻气盛，说：“我家老人去世的时候，就在城里办。只要有钱，没有解决不了的问题。就是回到村里，我也可以雇人。”这句话传到村里，尽管大家理解罗建达因为爷爷的事情，这样说事出有因，但也是在背后惹来很多声音。但罗建达不为所动，认为自己只是如实说话，他清楚自己要借这句话传递一点情绪，再说他不相信有自己过不去的坎。

罗建达奶奶去世前，坚决要求回村，否则说她会死不瞑目。罗建达只好答应，在他奶奶弥留之际把奶奶送回老家。他奶奶去世那天，主动登门的人很少。村民记得罗建达那些话。罗建达想从城里拉人过来，但被他爷爷臭骂一顿。他爷爷老泪纵横，说当年自己已经很没有面子了，儿子曾经有过承诺，但没想到儿子走在自己面前。他原来指望罗建达能够父债子还，没想到罗建达有了几个钱，全身铜臭味，把村邻都得罪了，害得自己死后都没脸见自己的祖宗。自己什么时候死不知道，还可以拖一阵。就是可怜罗建达的奶奶，现在已经死了，可是不能入土为安，到了地下会不会被祖宗责罚，说她没教育好孩子。罗建达一时慌神，后来罗则同和罗科人商量以后，做了村邻的工作。

罗建达穿着孝服，准备挨家挨户走过去，在村邻家门口下跪磕头，请村邻上门帮忙。当他走了几家的时候，罗科人拉住他，罗则同和村邻说建达已经意识到自己言行不对，已经有态度，大家不宜再计较。罗建达奶奶的丧事得以顺利进行。有关罗建达爷爷的故事也只是在背后提及，没有人当面说起。

罗建达到家的时候，一下车跑着进了爷爷的房间，在爷爷的灵前下跪，哭得荡气回肠。罗则同和罗科人相互看看，心里更是忐忑。罗建达哭过之后，到了厅堂，谢过陈一关、罗则同和罗科人等人，不等罗则同说什么，他先开口："爷爷对我很好，则同叔您知道我和爷爷的感情，您也知道我爷爷的结在哪里，他今天成仙了，我什么都不说。我知道村里刚刚出台的规矩。"罗建达的眼泪又出来了，他擦了擦眼泪："没说的，我遵守，我来当这个'出头鸟'，我想这样做，对村里推动这个规定会有一些帮助，爷爷会高兴的。我爷爷知道路怎么走，我也要知道路怎么走。如果我坚持燃放烟花鞭炮，我爷爷肯定想拿拐杖打我。"罗则同和罗科人相互看看，放心地点了点头。

"势如破竹，事情出乎意料顺利。"陈一关在回城路上，和罗则同通电话，"您回来，站在一个高点上，有些原来在普通村干部眼中的疑难杂症已经不是问题。虽然不用惊堂木一拍满场肃静，但坐在那儿，气场自然在。"

"任重道远，我发现需要解决的问题是一串一串，不是一条线的问题，期间缠绕复杂，有些问题没有那么简单。"

"那是当然，如果简单，也就不用试验，也就无须您出动。但现在既然已经上路，唯有往前走。地老天荒，坚决如铁。"

"停，停，听下来好像牙要开始酸了，后面这些话，不知道的以为是小情侣的甜言蜜语。"陈一关哈哈大笑，看着车窗外茂密的树林，摇下车窗，让司机把空调关了，吹着自然风，挥了一下拳头："坚决如铁。"

第三章　势如破竹

1

“听说陈常委周末又不回家，在哪里望闻问切?”陈一关接到吴高仁电话的时候，正要前往田背村。

“我去找罗书记喝茶聊天，他周末不回家，我去陪陪他，因为把罗书记这个大萝卜拔回来，我已经心惊肉跳一阵子，可不能被嫂子觉得我把她老公拉回来就撒手不管。否则尽管罗书记说警报已解除，但我还是担心下次上门依旧看见大扫把挥舞。”陈一关看着车窗外不断倒退的山影，笑得很轻松。

“哈，看起来陈常委这心理阴影面积依然够大，那我也过去凑凑热闹，看看能否帮你消除一点。”

吴高仁抵达的时候，陈一关和罗则同已经换了两次茶叶，喝的都是田背村出产的茶叶。“田背山茶，一喝就爱上了。”陈一关说罗则同这句话都可以当田背山茶的广告词了。罗则同回来的时候，自觉履行一个决定，就是在西水县不喝酒。他说这是让老婆罗苏妍放心，否则她会担心因为自己喝酒无人照顾。陈一关笑罗则同这是他自己搭设了一个台阶，属于消除罗苏妍不高兴情绪的主动作为。

“那是，一屋不扫何以扫天下？连后方都稳定不了，也就谈不上前方冲锋陷阵。不过，这天下属于区域概念，只是相对而言，可大可小。现在对于我来说，这天下就是田背村的发展。”罗则同端起一杯茶，看看茶汤的颜色，闻闻茶香，慢慢喝了，让茶汤在口里停留，感受茶香茶韵，然后慢慢咽下，把一杯茶喝得很有仪式感。

“你推动了‘净脸’‘净心’，后续动作还要哪些?”陈一关盯着罗则同。

“我就知道你会忍不住问这些。说得好听，是来陪我喝茶，其实是督战来了，周末都不让我休息。我看到的是鞭子挥舞。”罗则同笑得很开心。

“不，不，您是无须扬鞭自奋蹄。而且我岂敢对您扬鞭啊。”陈一关放下茶杯。

“不用解释，越描越黑。不过我回来就是要干事的，如果要回来睡觉，我就不回来了。‘净脸’‘净心’是需要，但我不能只是当环卫工人，只是挥着大扫把扫这扫那。说到底，田背村还是要发展，没有发展，再热的血也会冷，扫得再干净也会继续蒙尘，如果积累多了，就不容易扫干净了，可能连扫都扫不动了，甚至用铁锹撬都撬不动了，我可不能让群众心冷了。而发展，产业是关键，我有了一些思考，但我觉得现在乡村振兴，不能仅凭经验办事，很容易陷进去出不来，再说了，这经验如果对路还好，如果偏了，甚至错了，发力越大，破坏性越大，距离目标越远。我请了专业团队做发展规划，梳理了几个产业发展的路径，只有路径清晰，才能行走有力。产业发展也不能一窝蜂，全面开花固然热闹，但往往是看起来好看，动静不小，但落到实处就未必如此。”

“嗯，我看过篾匠破竹，他总是找一个角度，先用小刀巧劲弄一个缺口，然后用力一推，哗啦啦就把一根竹子破开，只有看过篾匠破竹，对势如破竹才会有深刻理解。”吴高仁接过话头。

“像这茶叶，如果是简单包装，就是大路货，靠各家各户单打独斗，提升不了档次水平。我准备成立一个公司，产靠村民，销就靠公司，整体包装、整体宣传。鼓励村民提供茶青，制由公司承担，统一技术标准，统一制作流程，不仅仅是终端介入，过程也介入。不仅要质量提上去，还要注入文化。茶文化、茶文化，喝的不仅仅是茶，还有文化，这样效益就提升了。有了效益，村民自然就有了种植热情。现在发展了，决定因素还是市场。”罗则同说到产业发展，连茶都忘记倒了。“还有村里这些竹林，如果靠卖竹子、卖竹笋，收入也有，但不高。我琢磨，要成立一个竹编工艺厂，村里就有几个老篾匠，然后再招一些人，生产竹编工艺，这附加值就上来了。这些竹编工艺品，可以用来装土鸡蛋、装茶叶，作为农产品的外包装，既有使用价值又有观赏价值。”罗则同越说越兴奋，站起来转圈，好像坐着会把自己的思路梗塞在那里。

“脱贫攻坚后，要和乡村振兴有效衔接，不能仅仅是把路修好了，把学校盖好了。这些在脱贫攻坚阶段就完成了，即使原来不够宽，现在修宽了也就完成了。总不能一直就是在修路，那就是原地踏步了。现在关键是要衔接，路要有人走，学校要有学生读。现在有些地方，学校盖好了，但学校就撤并了；路修好了，走的人不多了。难怪有的人说，这就像演出，演员激情投入，最后发现没有掌声，甚至连观众都稀稀拉拉。没有人，骨子里就是村民对乡村的认同感不足，乡村的吸引力不够，根源是乡村缺乏发展后劲。大家都在说乡村好，但就是不愿意回来。乡村，不能老是出现车马稀的状况。美丽乡村也好，乡村振兴也好，不能仅仅是种种花，摆放几块大石头，人为造几个景，要真正把乡村的动力激发出来。”吴高仁继续喝茶。

“关键因素是人。”陈一关接话，“没有人，乡村振兴就很难落到实处。这人也分层别，其实金字塔到处都在。乡村振兴，带头人非常关键，之前说过，一头羊带出的是一群羊，一棵草促成的是一片草。但不能仅仅是一匹狼或者一棵树，独木难成林，要有大大小小的树才能成风景，要有一群狼才能奔跑成气势。”

“干什么事，势很关键，只有势成这个先决条件，才能有破竹这个结果。陈常委您是望闻问切，我就来尝试能不能当好一个篾匠。”罗则同很有感触。“我知道我回来也就是几年，我回来不是占着一个窝一直趴到老，我是要回来带队伍的。我要把村民带起来，要培养一支年龄搭配合理，有梯次感的村干部队伍。我现在正在物色一些人，让他们参与村里的事务。包括要动员几个在外打拼的人回村里，但动员他们回来要有平台让他们发挥，要有他们的发展空间，不能仅仅用乡情吸引，用回报家乡作为基础，这基础很脆弱，缺乏说服力。我们不能干道德绑架的事情，只有让他们感觉家乡同样能发展，甚至有发展得比城里更好的可能，他们才能真正回来。”

“没错，留人的关键是要留心。”陈一关很想拍拍罗则同的肩膀，手伸到一半发现不合适，换了一个姿势，用劲地挥了挥。

“你们放手去做，成功，功劳是你们的。如果需要承担责任，我来承担。”吴高仁端起茶杯：“我们以茶代酒，干。”

“干。”三个男人把茶杯碰到一起。夜色浸染开来，有风吹过，树林哗啦啦作响，有湿润的清新感蔓延。吴高仁、陈一关离去之后，罗则同还自己在门口站了一会儿，看着对面黑黝黝的森林，心里有什么东西动了一下。他好像闻到一阵桂花香，不过他知道这是幻觉。他家周边没有桂花树，罗则同知道自己想起那棵桂花树了。

罗则同记忆中的桂花树在三望岭岭头，在公路上方200米左右的山上。那地方是原来田背村重要的出入口，修有石板路，虽然杂草丛生掩盖，但拨开杂草，那些石板路依然清晰，可以想象到当年的人来人往。这棵桂花树已经有400多年了，据传是田一归所植。田一归是清朝康熙时期的田背村人，是个举人，后来当到知县。

田一归种了一棵桂花树，还写了一首诗，这让田背村的历史有了一种清晰的记忆，这棵桂花树成了田背村的标志之一。曾经有一段时期，人们说到田背村会说：“就是那有一棵老桂花树的那个村。”来来往往的行人也习惯在桂花树下休息一会儿，让因为爬山岭而急促的气息舒缓。桂花树下，不时有人祭拜。

村里有个习惯，小孩子出生之后，为了让孩子好带或者其他种种原因，习惯让孩子认老树为干爹。桂花树是田背村众多家长的选择，因此这桂花树就有了许多干儿子、干女儿，父子、父女甚至爷孙等都在桂花树下平辈而交，都是干儿子、干女儿。田科人曾经开玩笑说因为这棵桂花树，田背村人的辈分都乱了，但大家都没有觉得什么不妥。作为干儿子、干女儿，16 周岁之前，他们每年生日都要到桂花树下“拜树爹”，用一根红丝线串了一枚古钱币或者一枚钢镚，拜过之后挂在脖子上，保佑健康成长，好像有一个隐身的保镖，俗称“换券”。一直到 16 周岁之后才不用，说是“出花园”，意思就是成人，有了独当一面的能力。桂花树在田背村就有了非同寻常的意义，轻易没有人敢触碰冒犯。

有段时间，桂花树走俏，曾有人动议把桂花树的叶芽剪下扦插培育，但商议之后，担心过度采集会伤到树身，还是决定作罢。对于该项决定，村里人都觉得应该如此，总不能为了钱把自己的“树爹”给搞没了。但也有几个利欲熏心的村里人，抵挡不住诱惑，密谋偷偷把桂花树卖了，当他们带着收购的小贩绕着桂花树转悠估价的时候，得到消息的村民愤怒地蜂拥而至，把小贩追得屁滚尿流，那几个村民被大家拉到树下跪着。众人骂得脸红脖子粗，就像自己的父亲受到严重的侮辱。最后那几个人准备了贡品跪拜了桂花树，还在树下放了鞭炮，大家才算作罢。桂花树的声望不容侵犯。

只是许多时候，有巅峰就有低谷，不可能是一条线平行存在，更多的是曲线，起起伏伏。后来修路降坡，桂花树从路口位置升到公路上方，逐渐被杂草包围。加上村民外出的多，干儿子、干女儿增加不多，原有的逐渐成人，即使未满 16 周岁，因路途遥远，回来祭拜树爹的人大幅减少，桂花树不得不面对现实，寂寞存在。罗则同知道自己心里动了一下，是因为这棵桂花树但又不是全部因为这棵树，这种感觉好像就在面前，却又无法清晰。

2

罗则同一早就起床，到村里转来转去。他已经养成习惯，无论前一天多晚睡觉，但第二天都准时在6点半起床。罗则同看到小溪里有鱼在游动，虽然很小，但这是希望。罗则同用手搅动了几下水，看小鱼儿惊慌地游走，他独自笑了起来。他像一个孩子，玩了一阵，才继续慢走，边走边想象以后这小河里出现的鱼儿畅游的情形，他又独自呵呵笑了。不过这快乐没持续多久，他往上游走的时候，有几个人超过了他，罗则同认识一个叫田彩菊的本村村民，其他几个不认识。田彩菊很热情地和罗则同打招呼，罗则同笑着回应，问田彩菊那么早要去哪里。

“上山采药啊。”

“采药?”

“对呀，山上有许多药材，像野生金线莲、七爪毛桃、七叶一枝花什么的，我上周就找到一棵七爪毛桃，挖了半天才挖出来，七八十斤，卖了不少钱。”田彩菊很高兴，脸庞笑开了，很灿烂，“这些都是附近的人，他们很有经验，认识哪些药材好，现在几乎天天来，每天收入都不错。”田彩菊边说边走：“则同叔，您慢慢走，我要上山了。”

“七八十斤？那要10年以上了。”看着田彩菊他们走远，罗则同却越走越慢：“这些药材成长起来不容易，挖一棵少一棵。挖的人越多，破坏得越快，不用多久这山上就会空了。”罗则同眉头皱起来，田彩菊的话就像点着了什么，罗则同恍然发现最近不仅仅采药的人多了，到山上抓小动物的也多了。网捕、下套，山鸡、鹧鸪等各种鸟，石鳞、蛇、野兔，野猪、山獐等，罗则同知道自己昨晚心里究竟是为什么而动了。罗则同拐回来，他决定先开一个会，他要采取措施了，有些事要开始做了。

罗则同召开村两委会，提出要划定范围，禁止随意上山采药，禁止上山捕鸟等抓野生动物的行为。

“禁止抓捕野生动物，大家可能比较容易接受，毕竟有法律法规在那里。但靠山吃山，如果连药材都不让采，村民可能有意见。”有个村干部提出异议。

“有意见？有意见是难免的，但关键要如何把道理讲清楚。靠山吃山？靠山没错，吃山也没错，但要看如何吃？不能简单理解为可以无限制地随意挥霍山上的东西。吃要有吃样，要讲究吃法吃相，大家要清楚，除了靠山吃山，还有一句话叫坐吃山空。大家想想，一棵10年以上的七爪毛桃，成长起来容易吗？整个田背山有多少棵？能让你挖多久？大家都说田背山是村里的宝库，但我相信不管，用不了多久，这山上的宝库就空了、就没了。”罗则不同意这个村干部的观点。

“以前是封山育林，现在是封山育药。如果没有以前封山育林，哪有今天田背村的好生态？哪有这森林覆盖率？哪有那么多上了年份的老树？”罗则同继续说：“你们也清楚，周边一些村，他们当时的森林也跟我们村一样，可是就是没管好，树都被砍光了，山头光秃秃的，后来开始种树，可是毁树容易种树难，他们现在的树多少？我们村的树多少？他们的树现在才多大？我们村的树多大？”

罗则同记得附近的坑边村，当年只剩下最后一片树林，村民也约定这片树林要保护下来。可是到了一年除夕那天，不知道谁带头，开始砍树了，看到有人砍树，这平衡迅速被打破，全村的人几乎都出动了，争着砍树，附近的亲戚闻讯也上门帮忙。有几个村干部开始的时候要制止，被各自的老婆大骂，说再不动手，以后做饭和逢年过节蒸粿烧什么，难道要烧他们的胳膊大腿，这几个村干部被骂得一愣一愣，也转身拿着斧头加入砍树行列。一棵棵树在疯狂挥舞的斧头或者急促拉动的锯子声中轰然倒下。天黑了，大家还打着手电筒照射一下，然后摸黑作业。到了半夜，好像一个魔术师，玩了个障眼法，整片树林都没了。

当年除夕，坑边村的年夜饭几乎都是零点以后才开始，而且因为累，都是草草结束。大年初一，大家都争着去做记号、抢挖树根。连续三天，整片山头的树根都被挖干净，只留下一个一个坑，好像一群蝗虫飞过以后的田地。罗则同在这个村有个亲戚，当年他也去帮忙。他亲眼看到一片森林迅速地消失。那种冲击他毕生难忘。

“大家想想，我们田背村可以说是山清水秀。可是有些村呢？远的不说，就说坑边村，大树没有了，一下雨，山上的泥土都冲到小河里，没多少雨小河里就都是黄泥汤，那是没有树蓄水啊。天晴一段，开始缺水了，多少泉眼都断流了。为了喝水，多少人吵架，甚至都差点引发大规模械斗了。”罗则同说的差点械斗发生在前几年，因为缺水，坑边村的两个村民小组村民为了争水吵架，开始是几个人，后来参与人员越来越多，大家拿着锄头、镰刀、不锈钢钢管等大吼大叫，场面几乎失控。在场的镇村干部根本压不住场面，关键时刻，正在附近乡镇调研的吴高仁闻讯带着派出所干警火速赶到，警察到场村民还不消停，吴高仁下令鸣枪警告才把事态控制下来。以后时日，虽然没有大规模矛盾，但小矛盾小摩擦经常发生，田边镇的领导干部对此都很头痛。

“我想大家都不希望类似场景出现在田背村吧。现在药材还有，大家可以合作或者各自行动去采，可是如果以后药材缺少了，大家怎么样？会不会出现去争、去抢、去吵架、去打架？我想绝对会。不仅仅是药材，还有那些鸟，那些野生动物。如果没有了就没有了，我们总不能让我们的后代子孙都是对着图片去认识这些药材、这些动物。大家不要以为这是吓唬人，大家想想，以前麻雀有多少？晒稻谷的时候，一不注意，麻雀是一群群蜂拥而下来吃稻谷。育秧的时候，多少人担心种子被麻雀都吃了，还要在秧苗地扎个稻草人吓唬麻雀。麻雀那时候泛滥成灾了，一度都被列为四害之一了。在座的有多少人去抓过麻雀，随便的墙缝就是麻雀窝，相信有许多人去掏过麻雀蛋，可是现在呢？麻雀几乎都不见了。”罗则同说得很激动。

听着罗则同的话，有人接腔说曾经听外村的亲戚来家里住了一个晚上后说很羡慕田背村，说他们村现在很多鸟都没有了，“以前听说一个鹧鸪占一座山头，时常有人利用这个，去诱捕鹧鸪，但一只鹧鸪被抓走，没几天这山头又有新的鹧鸪占了，现在很多山头都没有鹧鸪了，已经很久没有听到鹧鸪的叫声了。”

“也是，听说我们以前村里都出现过老虎呢，现在呢，连虎毛都没有。”

对于村里出现过老虎，罗则同也听说过这故事，当时罗则同都还没出生。当时不要说田背村，就是坑边等村，都处于深山老林。有个村民在上山干活的时候，抓了一只刚出生没多久的小老虎带回家，村里老人大惊失色，让该村民把小老虎放回去，说要不然会惹来大事。该村民认为老人大惊小怪，拒绝放回小老虎，说人怕老虎，老虎也怕人，村里人那么多，老虎哪敢追过来。无论大家怎么劝说，该村民都据不松口，说即使有事也自己承担，大家只好叹息而去。

事情没有该村民说的那么乐观，当天晚上，小老虎的母亲就追到村里，全村的人都关门闭户，母老虎绕着抓小老虎的村民家转圈，暴怒狂啸。该村民吓得半死，想把小老虎放了又不敢开门，附近村民几乎没有睡觉，战战兢兢到了天亮，母老虎才狂躁离去。该村民骑虎难下，想把小虎放回到抓的地方又担心走到半路就被母老虎咬死了，把小虎直接放在村口又担心被猎狗咬死。毕竟深处深山，几乎家家户户都养狗，而且清一色是猎狗，当时是为了保家护院，而且跟随打猎，不可能像后来养宠物狗。

商量半天，还是有经验的老人预判，到了晚上母老虎肯定还会出现，各家各户在天快黑的时候都把自己家的猎狗管好，不让它们出去，然后把小老虎放到屋后。到了傍晚，小老虎放到室外没多久，母老虎果然前来，看到小老虎，母老虎吼叫两声，叼起小老虎而去，全村才放心睡觉。尽管事情解决，但抓小老虎的村民还是惊吓过度，没多久就病死了。村里老人口口相传，要求子孙后代千万不要去惹这大动物。后来不是能不能惹的问题，老虎早已从生活中消失。

“干！现在是别人羡慕我们，可是如果我们不干点事，以后我们也是羡慕别人的那部分了。”罗则同的心慢慢放下了，他好像是一个拔河的选手，看到绳子上的标注慢慢朝这边过来了，虽然还没尘埃落定，但他毕竟看到了希望。

会议开了很久，最后形成一致意见：即日起，田背村封山；禁止随意上山采药；禁止上山张网捕鸟和捕抓其他野生动物的行为；组织一支巡山队伍监督落实，有违反封山规定的给予罚款。同时，委托第三方，对田背村山上的树木进行摸底，对那些老树清查。

“我不仅仅要摸清家底，我还要利用这些老树做做文章。”罗则同和陈一关通电话。

“资产——资本——资金。”陈一关念了几个词语，两个人分别在电话两头哈哈大笑，好像两只狐狸。

“和聪明的人打交道就是好，省心。”罗则同说了一句，挂断电话，有笑容从他嘴角漾起。

3

罗则同在田背小学门口站了很久。他回来之后已经好几次到学校门口。学校很安静，没有学生，操场上的草已经长得很茂盛了，校门口的路已经被草给堵了。缺乏人气，校园就有荒凉的气息流淌，草丛中好像有什么小动物飞蹿过去。罗则同在学校门口蹲下来，拨拉几棵草，但随即站起来，拍了拍手，他知道拔草没有什么用，只要这校园没有人气，这里就活不起来。田背小学高峰的时候有学生 300 多名，后来逐渐减少，五年前剩下 43 名，田边镇就把田背小学给撤并了，学生转到田边中心小学。田边中心小学学校是大了，不过离家太远，学生要么寄亲戚家，要么回家。回家的都是家长骑摩托车接送，占用了家长很多时间，为了接送孩子上学，不少家庭的生活凌乱不堪。“已经好几条腿了。”罗则同想起当时在省城工作的时候接到田科人有点悲怆的电话。田科人告诉罗则同，这几年因为接送孩子发生了多起交通事故，两起比较严重的都是断腿。

前年开始，学校有了寄宿制，不用天天接送。食宿是解决了，但因为和家长交流少，家长掌握不了孩子思想动态。“就担心孩子走偏了没有及时发现，等发现的时候拉也拉不回来了。”罗建安很是忧虑。学校实行寄宿制的时候，罗建安捐了 10 万元，在田边中心小学设置的田背宿舍，就是他出钱，学校安排宿舍的时候，把田背村的孩子安排在一起，方便管理。另外一件事情，罗建安没有说。罗建安当年读书的时候，没少受本村学生欺负。本村学生经常骂罗建安这些山区来的是“山猴仔”，就因为这个，罗建安在学校不时和人打架，成了有名的刺头学生，但更多的人只好忍气吞声，毕竟敢站出来的不多。也许是童言无忌，也许是区域偏见，罗建安觉得很多事情无法明确分辨是非。“同一个地方来的孩子集中同一个地方就互相照应一点吧。但有些事情能够用钱解决，有些事情是钱无法解决的。”罗建安显得很无奈，言语中话有所指。

罗则同知道罗建安说的是什么意思。因为寄宿，有的孩子和家长交流少了，导致性格出现异常，田边中心小学有出现好几个问题小孩，和家长、老师都不沟通，要么老师、家长说什么都不搭理，当成空气一般；要么一碰就炸，老师、家长一开口就顶撞，甚至大吼大叫。其中一个叫田小桃的女生，因为经常半夜玩手机，当她再次半夜发信息的时候，手机被生管老师没收。第二天一早，她追到生管老师办公室，硬邦邦地要生管老师把手机还给她。生管老师耐心地和她解释学校规定，但她根本不想听，直接吼了一句：“别啰唆，就说你还不还。”生管老师也生气了：“今天就不还了，要手机，等放假的时候再说。”她逼到生管老师面前，几乎就凑到生管老师的脸上了，死死地盯着生管老师，也不说话。生管老师被看得有点发毛，就问她：“你要干什么？”她再看了一会，就在生管老师要后退的时候，她突然咧嘴一笑：“你会后悔的。”不等生管老师回话，她已经离开。生管老师后来回忆，当时她似乎瞥到田小桃笑了一下，但笑容有点惨淡。不过生管老师当时很生气，也不当回事，以为小孩子闹闹就过去了。

当天晚上，田小桃没有参加晚自习。晚饭后到学生晚自习期间，学生可以自由活动。开始的时候，老师没有在意，以为田小桃因为被生管老师批评赌气没有参加晚自习。以前田小桃也有几次这样，到睡觉的时候再悄悄溜回宿舍。直到晚自习结束一段时间，田小桃还是没有回来。生管老师感觉不对，赶快和其他老师开始寻找，参加寻找的人越来越多，但还是没有找到。根据学校门口监控，田小桃走出校门，往学校附近的河边而去。生管老师心中不好的念头愈来愈强烈，但河边上如同夜色一般，神秘莫测。直到第二天早上，田小桃的尸体才从水面上浮起。

赶来的父母瘫在田小桃的尸体前哭得几次昏厥。田小桃母亲痛哭：“早知道这样，我赚那么多钱干什么？”生管老师也是哭得一塌糊涂。她在田小桃尸体找到的时候查看了田小桃手机的聊天记录，发现田小桃那天晚上在手机上和父母吵架，说他们只顾赚钱，一年没有陪她几天，都钻到钱眼去了，其中有发火、有哀求，希望母亲回来陪她几天。

原来田小桃第一次来月经，她很害怕，看到自己流那么多的血，她在白天告诉母亲后，母亲说自己打工的工厂正在赶货，只是告诉田小桃这是正常现象，过几天就好，自己要赶货，没有时间聊天，被主管发现是要扣钱的。其后田小桃发了多条信息，她妈妈都没有回。到了晚上，她再次发信息给妈妈，依然在诉说内心的惶恐，她妈妈依然是回了几句话，说自己上班一天，已经很累，要睡觉了，让田小桃不要纠结。田小桃不高兴了，就在信息里发火，她母亲也不高兴了，说她夫妻俩累死累活，都是为了女儿将来生活得更好，女儿不但不体谅父母苦心，还嫌这嫌那。田小桃的父亲也在信息里数落女儿，说女儿不对，要多理解、体谅父母的难处，不要闹小孩子脾气。田小桃在信息里发火，说她不要钱，只要父母一个人在身边陪她。但父母不再回短信，田小桃就恐吓父母，如果不回信她就不活了。刚好这时候手机被生管老师没收，田小桃没有看到父母回复说半个月后发完工资就回来看她，下学期就把她接到打工的地方上学。女孩父母没看到女儿再发短信，以为女儿已经想通，只是赌气不回短信，也就不当回事。谁知道，见到的是女儿的尸体。

田小桃的奶奶哀凄凄地哭："你这傻孩子，如果你在村里上学，也有奶奶啊。早知道就不让你读书了。"罗建安说他当时听到田小桃奶奶的哭诉，心里非常难受。

罗则同踩着野草走进学校。"我很心痛。"他对跟随而来的田河水说。罗则同当年就是在这个学校就读，当年田背村所有的学生，都是在田背小学就读。这所学校建于1936年，开始时是私塾，后来是社学，1949年后才成为公立小学。学校经常处于修修建建的过程。开始是土木结构，土砖垒的墙，瓦片屋顶。20世纪90年代重新建了，可是资金不够，没有装修，学生就在没有安装玻璃的教室里上课。冬天用报纸糊住窗户，夏天要么很热，下暴雨的时候，靠近窗户的学生要把桌椅往中间移，要不然就会被淋湿。

当年田科人在学校里当校长，曾经发动捐款。印倡议书、上门发动，可是响应的不多，募集的资金只有5万多元，可以说是杯水车薪。田科人长叹一声："不重视读书的村庄是没有希望的村庄。"但他也就只能是一声叹息，"钱在别人的口袋里，又不能强掏出来。"田科人也找到罗则同，罗则同想办法解决了一点，但依然不够。罗则同出了一个主意，让田科人找罗建安，转告罗建安一句话，后来事情得以解决。

"应该把学校复办起来"。罗则同和田河水说。"现在学校建得这么好，清理一下，用是没有问题，但关键是要有学生。以前是有学生没有校舍，现在是有校舍但没有学生。有些地方学校建好了，没有学生了，要么放在那么荒着，要么卖出去或者租出去。"

田河水有点苦恼："当年不能用强制别人掏钱修建学校，今天也不能强制村民把孩子送回来，关键是学校教育质量要提上来，学校管理要跟上去。有多少人愿意把孩子扔到离家很远的地方读书？又不是所有人都那么有钱。"

罗则同给陈一关打电话："陈常委，我要复办田背小学，一个村庄，没有读书声是没有希望的。您要支持我，修建学校不找您要钱，但我要政策支持，希望您支持。我一下子还没办法完整说要什么政策支持，但这件事肯定不是一个村一个镇能够解决的，至少要从县这个层面来解决。可能这件事未必有什么依据或者先例，需要我们自己蹚一条路。"

"没问题，不能指望什么事情都有先例。以前没有路都可以走出一条路，今天我们连试验都不敢吗？我想我们还是要有敢为人先的勇气，要敢于试验。遇到什么问题，您告诉我，我一定尽力。我解决不了，我们找吴高仁书记，找上级党委、政府，只要有利于事业发展，有什么问题我们共同努力。逢山开路遇水搭桥，我们有也必须有这样的决心和努力。"陈一关答应得很爽快。

"你先找几个人，把这些荒草给清理干净。复办有过程，需要程序，但先把学校给整理清楚。"罗则同告诉田河水，田河水马上行动，打电话召集人干活。

田科人听到动静赶来，听了罗则同的思路，田科人的眼泪掉下来：“当年学校修好，我掉了眼泪，今天说要复办学校，我依然掉眼泪。学校复办后，我申请要讲一课。”

“行，没问题。”罗则同当即答应。

“您是应该好好讲一讲，我把全村曾经在田背小学读书的人尽量召集，听您这老师讲课。讲讲田背小学，讲讲田背村，历史不能忘记，历史也不能不被梳理。”田科人看着罗则同，他记起当年募集资金装修学校的事。

4

当年田科人找到罗建安，罗建安的公司正在发展过程中。“学校是田背人的学校，要想办法发动大家的力量。”罗建安听了罗则同让田科人转告的这句话。田科人刚听到这句话有点不高兴，觉得罗则同这句话等于没说，他不就是在发动大家的力量吗？只是这发动效果不好。不高兴归不高兴，田科人依然如实转达。罗建安劝田科人回去，说罗则同说的没错，但要如何推进，等他仔细思考以后再做决定。

田科人有点心灰意冷，觉得有一只球在几个人的脚下踢来踢去。他明明知道这有踢球的成分，但依然无奈。有一种悲凉就像暮色一般浸染而来，田科人走在城市的街道上，抽了抽鼻子，他低头，装着擦眼睛，手背上有点湿。

几天之后，罗建安回村，田科人正要催他，罗建安就开始发动捐款，不过不是修学校，而是修村里的一个王公庙。村里这王公庙有故事，有一种说法是这王公其实是田一归。也有的说是田一归的祖辈，还有的说是明朝时期罗氏祖先开基田背村时从老家带来的神明，说法有好几个版本，但没有明确依据，不过村民逢年过节都会来王公庙拜王公。这王公庙规模不大，影响力不小。罗建安说王公给他托梦，要求重修王公庙，让村民有钱出钱、有力出力。一说王公托梦，尽管王公庙几年前才重修，但响应者依然很多，才两天就募集到十几万元。田科人气得发抖，说罗建安故意捣乱，本来募捐就不容易，短时间内两个捐款，不是故意分一杯羹吗？罗建安不为所动，说桥归桥，路归路。

罗建安成立一个理事会，立刻动工修王公庙。王公庙本来就不大，而且刚重修没几年，其实事情很简单，半个月工程就完工，募集的资金只花了几万元，结余资金 10 万元。当大家讨论这资金如何处理时，罗建安提议，修王公庙是做好事，修学校也是做好事，都是积德行善。再说大家捐资修庙，钱没有花完总不能退回去，相信退到哪一笔大家都不愿意收回，也不能无限期积存，最好的办法就是把修庙结余的资金转到修学校，两全其美。理事会众人觉得有道理，在王公庙烧香祷告之后，同意把结余资金转用于修学校。罗建安到田科人家拜访，把理事会决定告诉田科人。

“说，这里面是否有什么牵连？是不是你原来就设计好的？”田科人不是迂腐之人，马上嗅到其中味道，连声追问。

“王公庙修好，学校修好，事情得以解决，结局美好，过程并不重要。”罗建安不正面回应，只是打哈哈。田科人看罗建安不说，也不追问，只是感慨走出去的人就是不一样，思路开拓。

两个月后，学校装修工程完工，在新教室启用的时候，田科人热泪盈眶，在全校师生会议上发言的时候数次哽咽，说他“死而无怨”。

“我伸手来了。”罗则同到了陈一关办公室，就把手伸了出来。陈一关立刻握住罗则同的手，说：“我这必须接着，否则就是我言而无信了。”两个人聊了一会儿，陈一关说：“我们还是直接到吴书记办公室，具体直接汇报。”

在吴高仁办公室，吴高仁握住罗则同的手，说：“老罗，你那边先走一步，探一条路，允许试验，也允许失败。你说得好，没有读书声的村庄是没有希望的村庄。以前要求村村有学校，后来是撤点并校，有的学校建成就空置，一方面是学校空着，一方面是孩子就读存在许多实际困难。乡村振兴、产业兴旺、生态宜居、乡风文明、治理有效、生活富裕。这 20 个字内涵丰富，衍生出来有许多内容。比如说乡村里有人，大人回去，孩子就读怎么办？当时撤并，现在复办，我们要尊重家长和学生的意愿，不能简单化地一刀切，说要么撤，要么回，关键还是内生动力，要有内涵吸引人。”

“我不知道会不会给你们感觉我回来就是搅局的。好像池塘里的那条黑鱼，弄得其他的鱼不得安宁。”罗则同突然有点不好意思。

吴高仁大笑：“不会，不会。你就放心好了，说实话，我们还要感谢您，现在有些东西就是太安逸了，有些人都不想动脑了，就按照一种习惯的思维习惯的姿势习惯的作风，就是处于一种滑行的状态，不仅仅是平行滑行，甚至下滑，但他们都没有感觉到不妥，没有觉得需要改进，连一点警惕心理都没有，这很可怕。如果您说您是搅局者，我就希望您继续搅局，要让一池水活起来，首先要动起来。”

三个人商量了一阵，就许多事情做了探讨。

“学校复办之后，学生可以靠自愿回流为主，但教师如何分配要考虑清楚。如果要么都是安排临近退休的人员，要么是分配几个刚分配的新手，都是不完整，不科学。可能还是要建立采取支教机制，而且是要真支教，现在是有出台要评职称需要到基层支教的规定，但有些流于形式，就是挂个名，或者随意走走，没有具体的考核任务，应付式，熬到时间到点就回来，不但没有减轻基层负担，甚至加重基层负担。”罗则同提出一个建议，看他的熟练程度，这建议已经在他头脑中盘旋多时，绝对不是临时起意。

“除了支教，其实还可以考虑用轮流任教，让老师转起来，不是固定在哪所学校，但也不能一调动就杵在那里，要有明确的轮转机制。”陈一关提出自己的观点，他思维的跳跃让吴高仁都连连点头称赞。

“我们的干部有走读干部，我们教师能否也来一个走教。比如英语、音乐、美术等学科，可以尝试让一个老师兼几所学校的教学任务。”吴高仁认为陈一关这思维可能是受到自己挂职的启发，他表示越来越喜欢陈一关了。陈一关连连摆手，说听到吴高仁对他用上“喜欢”两个字就毛骨悚然，总感觉另有意味。

三个人又再探讨一番，吴高仁马上打电话把教育局局长叫过来，给教育局局长下任务，让教育局局长考虑细节，提出建议方案，征求各方意见，然后上会研究通过后再交由教育局执行。

“政策出台，要从全县层面，仅仅靠教育局一个部门，推动很困难。但细节，你们教育局要从专业角度多考虑，就像一池水，要让池塘不漏水，就要堵住漏洞，否则再多水也留不住。”吴高仁提出要求。

“这学生也不一定单纯田背村的，周边的坑边村、坑头村，如果孩子和家长愿意，也可以就近入学，形成一个片区的小学。如果有需要，教育局要配套相关的措施。”陈一关提了另外一个思路。教育局局长领了任务，赶快回去召集人员探讨。吴高仁做事的风格大家都清楚，稍有拖延，可是要挨批的。西水县私下说到他，有一种说法就是“稍不注意，跪赶不上拜”。

“还有，乡村振兴，也不仅仅是物质的丰富，精神层面如何解决？不能仅仅是房子建漂亮了，要让村庄活起来，还要让村庄厚重起来，村庄有什么文化？这些都是我们要思考的。”吴高仁又拉着罗则同继续探讨。“陈常委，说说你的‘高见’。”吴高仁笑着看陈一关。

“没有‘高见’，我希望有点‘低音’就很好，现在制定政策，还是要多考虑基层实际，考虑落地，不要飘在半空，说到底，还是要先有尝试才后出意见。所谓的先行先试，不试怎么知道这行得如何，也许步履坚定，也许踉踉跄跄。”陈一关边说边看罗则同。“得，你们两个直接说要我当好这小白鼠就行，别看得这么暧昧。我看你这笑容就心慌慌。”三个人大笑。“是有太多的事情要做，有些事可以同步开花，有些事只能循序渐进，一步一步来，只要我们选准方向，持续做下去，总是能看到希望，看到成果。”

聊完，罗则同谢绝吴高仁留饭：“别，别，吃人嘴软，还是不要吃您的饭，这样比较踏实。要不然您又给我挖坑，这坑不是为了放萝卜，是要放事情。”吴高仁知道罗则同这肯定是另有安排，否则今天自己给他安排了那么多事，哪件事需要的坑都必须足够大，放眼过去，要一串的坑，他没有推辞一起吃饭的理由。

从吴高仁办公室出来，罗则同拨通一个电话：“小田，晚餐一起吃饭，把你上次说的小陆老师也叫上，还有谁你定，多叫几个人。”

“看来罗伯伯已经谋定，开始要出手了。行，我马上联系。”小田叫田小天，也是田背村人，在县实验小学当老师。

当晚，在县城一家餐馆。罗则同请一群县城小学的老师吃饭，其间中心话题是支教等，发言最多的是小陆老师，陆莉华。之前罗则同听田小天说过她，说她对现在的支教流于形式颇有微词，希望自己能到某个山村小学支教，用实际行动摸索经验。

“罗书记，我就是一个探路的，如果我去田背小学，第一我要有实行自己思路的自主权，第二我不敢担保一定会成功。”聊过之后，小陆提出自己的观点。

“这是肯定的，如果小陆老师愿意去，我一定全力支持，教育局和你们学校这块我来协调解决。”罗则同当场表态。

“我就是想试试，我这块石头能不能磨出点棱角。毕业快 10 年了，在几乎没有大变化的学校里，我相信自己是个不错的老师，但也仅仅如此而已，我只是在一个固定的模式滑行。我喜欢变化，我希望挑战，我渴望能探探自己的底线，希望摸摸自己的上限。”

“看来我们会有共同的话题，共同感兴趣的东西，希望合作愉快。”罗则同举起茶杯。

“嘻嘻，我就是看中您能以厅级退休干部的身份回村当党支部书记，这个不仅仅是激情。而且以您的身份和资源，许多不可能的东西才有变成可能，要不然我可不敢把几年时光压在您身上。时光虽然平凡，但依然珍贵。”小陆笑得有点狡黠。

“都说我是老狐狸，看来这世间小狐狸也不少。”罗则同在心理念叨一句，不吭声，笑笑把茶干了，他发现这茶越喝越有味道了。

5

罗水仁找到罗则同的时候，罗则同在田背小学看孩子们跳曳步舞。孩子们随着强劲的音乐快速地踢、踩、跳、跺，虽然动作熟练程度不一，但大家都很投入。陆莉华在队伍前面领舞，她的长发都剪成运动短发了。陆莉华曾经和田小天开玩笑，说幸亏她已经嫁人，否则男朋友要求等她长发飘飘再娶她，自己只好成为一个老姑娘独守空房。田小天说陆莉华的成熟程度和她年龄不相称，属于不见兔子不撒鹰的人，其老公已经成为她窝里的兔子，她现在的目标是另外一只兔子。陆莉华大笑：“你不是我肚子里的蛔虫，但你清楚我所想。没有经过苦难，不足以谈成熟。”陆莉华没有再细谈，拉着田小天去吃四果汤，小城里最好的一家四果汤店在老街的一条小巷，生意火爆。陆莉华说以后要吃四果汤只能等到周末，约等于要挑吉日良辰。

陆莉华看到罗则同，但依然没有停下舞步。罗则同和陆莉华有个约定，要陆莉华放弃那些凡俗的迎来送往，尤其罗则同到学校，她该干什么就干什么，自己会习惯性到学校走走，如果每次陆莉华都很客气，那就会直接影响工作，这不是罗则同希望看到的。

“你就把当一个家人一样，家里来客人需要迎接，需要客气，可是有谁看到家人回来还专门站起来迎接？说到底，客气就是因为距离。”罗则同的一番话让陆莉华信服。

“其实我也这么觉得，但我担心你不这么想。我的本意也是要摒弃这些繁文缛节，尊重是出自内心的，不是要那些虚的形式。如果你太注重这些，我可心虚了，会担心自己是否押错了宝。不说抛夫弃子，我至少是远离丈夫孩子，我老公可是只给我三年。三年后我就必须回城了。这三年属于我给我的人生做一次实验的机会。”

“坦诚，说实在，我未尝不是如此，我和我老婆虽然没有约定，但我知道自己至多就干一届，五年。人生可以在一个地方停留，但不能长驻，我们需要做的给其他人留下可复制可借鉴的东西。”两个人差点就击掌为誓了。

当时两个人绕着操场兜圈，回去之后，陆莉华把长发剪了，这是一个改变，也是开始。在陆莉华剪头发的时候，罗则同让周见山给田边中心小学校长打了一个电话，直接任命陆莉华为田背小学校长。

罗水仁不是来找罗则同聊天。罗水仁目前是村党支部委员，他属于被罗则同钩回来的那部分。罗水仁原来在邻省发展，罗水仁说那是飘荡，没有根的那种。罗则同让他回来投资办竹编工艺厂。“竹子有很多根，而且对环境没有太过苛刻的要求。要想扎根就像竹子一样。”罗则同在电话里讲得很干脆。罗则同明白因为村里的发展，罗水仁已经心动，自己只不过在他心上加一把火。罗则同要引谁回来，还是很有考虑。

“不能仅仅靠道义、靠情怀，还是要靠产业、靠发展。”罗则同的话陈一关很赞同。

“不能求人的时候是孙子，人回来以后就是大爷。更不能是把人忽悠回来就撒手不管，否则以情招商就是以情伤商。”陈一关很感慨。

罗水仁回到家乡以后，投资接手了村里的竹编工艺厂，后来被罗则同吸纳为村党支部委员。“虽然谈感情伤钱，但也不能完全不谈感情，否则就无情无义。”罗则同想在田背村村人心中种下一根根因缘线、感情线。“不是用绑，是种。绑是强制，种就是发自内心，让村民对这块土地发自内心地接受和喜爱。”

罗则同和罗水仁曾经有过一次深谈。当时罗则同要罗水仁加入村党支部，同时吸收为委员的还有田古水和田吉山。罗水仁当时有不同意见，谈及田背村就是田、罗两大姓，一直以来在村干部上有个平衡，村党支部书记基本就是轮流坐庄，姓罗的当书记，村主任就是姓田的，村两委人员也基本各半。

“现在我虽然要成为支委，但田姓本来就有支委，现在一下子又多两个，打破平衡了，恐怕罗氏族人有意见。”罗则同听罗水仁一说，端起的茶杯停留在半空，然后放下茶杯一声叹息。他看着罗水仁：“知道你为什么企业做不大吗？就因为格局。你这几年在外面，看到的是表面，没有看到实质。在城市里，有多少人关注你姓什么？有多少人问到你身边有多少宗亲？”罗则同让罗水仁回家好好思考。“思想没解决，来一个人就是来一坨肉，于事无补。”罗则同清楚，连罗水仁都这么想，肯定也有其他人会这么想，而且更强烈，两个姓氏的人都有。罗则同想到一句老话，放尿拌沙不一起，意思是尿水缺乏黏性，起不到聚合作用，沙子还是各自撒落，实质上就是缺乏凝聚力。

罗水仁回家后细究，发现田背村很多事情就因为太过于讲究平衡，还有两大姓氏之间的互相掣肘，才导致发展速度越来越慢。

“我格局小了。”罗水仁坐到罗则同面前，低头认错。

“一个人要清楚自己代表的什么人。情怀要用对地方，否则就是小家子气了。来，以茶代酒，跨过这个坎，你会发现一些新的东西。”罗则同说。

罗水仁等曳步舞告一段落，看陆莉华又随着音乐，指挥学生们做广播体操，罗则同才边往外走边说：“现在，有个事，要如何处理，需要你一个主意。”他看到罗水仁匆匆而来就知道有事，便跟着罗水仁往外走，示意罗水仁继续说。

田背村做出封山决定之后，村里成立一个巡山队，常态化巡山。今天上午，巡山队发现一名违反封山规定的人员，该人还不是田背村的人，是坑边村的田水文。巡山队在他的袋子里发现多种药材，就以他违反村规明约把他扭送到村部。田水文不服，说这是田背村自己的土政策，对他一个外村人没有约束力。这句话惹怒了闻讯而来的村民，有几个小年轻想揍田水文一顿，田水文见势不妙，赶紧闭嘴。目前田水文还在村部。除此之外，还有一个情况，田水文是村民田彩菊的表哥，而田彩菊和田古水是堂兄妹。罗则同知道，罗水仁这一说，村民的目光可能就另有含义，甚至意味深长。

“很复杂？”罗则同看着罗水仁。

“枝枝蔓蔓，不简单。”罗水仁有点苦恼。

“看来久不干活，一些技术不仅仅生疏，还忘了。小时候干活，要从藤蔓环绕中折一支树枝，不用管藤蔓，折断树枝把树枝抽出来，劲就用在树枝上，你要的是树枝，你还需要管叶子掉了还是藤蔓更为缠绕了？”罗水仁想想，但依然没有点头。罗则同没有再说什么。

罗则同到了村部，看到田水文，他被巡山队围在中间，边上有愤怒的村民在说着什么。田古水和田彩菊也都在，看到罗则同来了，大家让开让罗则同走进去。罗则同发现自己认识这个人，这个人在坑边村有个绰号，叫“田鼠”。坑边村大大小小都叫他田鼠，至于他本名田水文，就是同村的人也没几个人知道。罗则同看了一眼罗水仁，心里念叨：“这家伙，还是有点不接地气。”

田水文看到罗则同，就赶快说：“罗书记，您可要为我做主，我不知道你们有封山的规定，再说了，我上山采药，我是为了治病。我父亲得了癌症，医院说尽力了，让我们回家保守治疗，说还有三个月的时间。保守治疗就是等死，但我作为儿子的，总不能看说他死是不是？刚好有个老中医，开了一个药方，吃几种中药药材，还真有效果。现在我父亲已经半年了，不但还活着，还有明显好转。不过这几种药材越来越难找，我是把我们镇的很多山头都转了，今天刚好转到田背山。你可得评评理，是让药材在山上长着重要，还是救人重要?”他咕噜噜地说着，好像担心罗则同不让他说，节奏有点快。

田彩菊在边上急急说：“这事是真的，真的，我舅舅快死了，就是吃这几种药材又活过来。我表哥也是没有办法才找到田背山上。”田古水看着田水文和田彩菊，眼神复杂，没有说什么。他好像知道，自己这时候说什么好像都不合适。

田水文说的他父亲的事，罗则同听过，也知道老中医说的那几样药材。但罗则同认识田鼠，这个人叫田鼠，就是他为人很滑头，村人说他像耗子一样，刚好姓田，就直接叫田水文了。罗则同知道田水文曾经偷砍了坑边村里的土地伯公庙旁边的那棵老松树，引发了轩然大波。那棵松树有上百年历史，被奉为神树，没人敢动，角色和田背村的那棵老桂花树差不多，偏偏他把这树砍了，把树干截成几段，藏到牛栏的草堆和家里谷仓，想等风声过后再卖出去。事情败露之后，田鼠被他父亲揪住耳朵在土地伯公庙前跪了三天。坑边村的人说田水文百无禁忌，没有他不敢偷的东西，没有他不敢占的便宜。偏偏田水文还理直气壮，说心底无鬼神就不怕鬼神，有便宜不占是傻瓜。

罗则同看了看田水文，不接话，把田水文装药材的蛇皮袋一倒，所有的药材都出现在众人目光之中。罗则同蹲下来，手不断扒拉着，把药材分成两堆，盯着田水文的眼睛说：“来，说说，这些是救命的，这些呢?”

田水文看罗则同扒拉着药材，就开始慌乱了：“额，不是，不是，罗书记，我就是顺手，对，顺手。”

“顺手？我看你是有意的。你说得对，救命要紧，你这些救命的药材我给了，但其他的药材我没收了。”田水文看事情如此顺畅地解决，有点意外，连忙点头，蹲下去把救命的几种药材往袋子里装好，站起来拎着想走。

罗水仁刚要开口，旁边的村民也傻了。“慢着。”罗则同及时开口了，“就这样岂不是太简单了，药材可以给你，但是你没有经过同意就擅自上山采药，违反了田背村的封山决定，还扩大了采药的范围。这个要罚。”一听到要罚，田水文的脸就苦起来。罗则同不看田水文：“知道你为了给父亲治病，花了很多钱。手中没有钱了。”

“对，对，我真没有钱了，就放过我这次。”田水文一听，觉得有戏，赶快截断话头。

“没有钱，但是你有力气。这几天，村里正要修整村容村貌，要建停车场。你来当10天义工，就当作惩罚了。规定，规定，既然定了就要遵守。”

田水文还要说话。田彩菊赶快拉着他：“表哥，表哥，就这样吧。罗书记很宽容了。10天不多，如果你要照顾舅舅，我可以帮你做几天，或者我去照顾舅舅。”田水文看田彩菊这么说，点点头不再说了。

“还有，你父亲的病，如果还需要药材，你可以申请，村里批后你上山采，每次采10天左右的量，采完要让村里验收，按需采药，不能多采。每次做三天义工。”罗则同再次开口。田水文已经要走了，他听了这句话，明显一愣，他慢慢转过身来，朝着罗则同跪下：“谢谢罗书记，谢谢田背村父老乡亲。”罗则同看到田水文的眼泪流了下来，“古水，把他扶起来。”

田古水走过去扶起田水文，田彩菊朝着罗则同深深地鞠了一躬，没有说话。有人鼓掌，转眼掌声热烈地响起。

“‘田鼠’说得有道理，我们要守着财富，但不能简单地不让动。财富是为人服务的，谁是主体要搞清楚。我们要修订规定，要结合实际需要，但需要不能随意放开，要有规矩。”罗则同看着大家，看着田背山，有力地说。

6

陆莉华没想到自己一不小心成了校长。担任了校长的陆莉华激情喷涌，好像原来平稳的山涧突发山洪，声势浩大。她把大部分时间和精力都放在田背小学。陆莉华的老公陆沧海开玩笑说没发现自己的老婆是个官迷，一个小学校长就让她兴奋得有点迷失方向，就像明明走在一条乡村道路上，却感觉自己奔跑在高速公路，要跑出惊天地的阵势。陆莉华揪着老公的耳朵："这是实现人生价值，和官大官小没关系，懂不懂?"

"懂，懂。"陆沧海可不敢说不懂，本来就是开玩笑，再说这事情，就是不懂也要装懂，否则耳朵痛是眼前损失，深层次有什么损失还不清楚，陆沧海虽然没感觉自己是俊杰，但识时务还是需要。

"好，既然你懂了，给你一个光荣的任务。你不是书法家吗？还是文化馆长。你要为乡村教育做点贡献。我发现田背小学紧缺的是艺术教育，你组织一些书法家、美术家、音乐家、作家等，不时搞一个艺术扶贫。现在城里的孩子不缺这些，但乡村学校的孩子缺。"

陆沧海在心里一阵号叫：没想到开个玩笑就能开出一摊活。陆莉华看老公没有回应，又伸手到他腰边，手指停留在腰部，带点笑容："我刚才说的话听明白了吗?"陆沧海赶紧点头："明白，明白。"陆沧海不仅怕痛，还怕痒，他明白自己这辈子被陆莉华拿捏得死死的。

"你们应该走出象牙塔，要接地气。不要就圈内人在那边摇头晃脑，自我欣赏。"陆莉华这句话让陆沧海心里动了一下。"沧海一粟，名垂青史不容易，还是做点实际的工作，也许更有意义。"陆莉华又补了一句。陆沧海好像看到另外一种风景："其实不单单你们学校，我们还可以和更多的学校联合，让艺术走进学校。这是另外一种展览，也是实现自己价值的一种。行，我写一个方案去。"陆沧海顾不得和陆莉华再说什么，兴奋地跑进书房。

陆莉华看着陆沧海的兴奋，心里松了一口气。夫妻俩能找到共同的关注点，这个很关键。陆莉华其实心里清楚，她自己会想到田背小学挂职，除了和罗则同说的那些原因，她心里还有一个声音，这个声音在很早以前就出现了。陆莉华读小学的时候，因为父母是水电工程师，属于前期工作的那种，她跟随父母辗转各地，每个学校都读不到毕业，最长的一所学校只读了两年半。当时的水电工程没有后来的大工程，居住基本都在乡村。陆莉华读书都是在乡村学校。陆莉华很聪明，读书成绩一向很好，父母和同事们都一直表扬她，以她为骄傲，陆莉华一度也认为自己是只凤凰。陆莉华的骄傲在考上师范那年被敲打得体无完肤。

在读师范之前，偶尔看到有同学会唱几首歌或者拉个二胡吹个口琴，虽然羡慕，但陆莉华还仅仅是羡慕而已。她总是觉得自己的文化成绩高过对方，属于“一白遮百丑”那种。再说这有点艺术细胞的人也仅仅是有点，即使跑在前方也属于看得到背影那种。在师范学校筹备迎新晚会的时候，陆莉华发现自己不仅仅被甩，而且甩了不知道几条街。吹拉弹唱，自己是空白，就是演讲、朗诵，自己也只会那种没有技巧的简单声调变化。陆莉华没有报任何节目，心里就有点疙瘩。迎新晚会结束当晚，陆莉华再次被触动，她开始怀疑“勤能补拙”这句话。有些东西出发的平台不一样，无论多么勤奋，还是追赶不上。“有些人的起点，是许多人无法企及的人生终点。”陆莉华在调到实验小学任教之后，深有感触。那时候她从师范毕业分配后到乡村小学任教多年，才领悟到这一点。

在陆莉华痛彻心扉感悟之前，陆莉华在师范学校曾经让普通话老师恨铁不成钢地发火就因为“飞机”的“飞”字发音。飞读 fēi，这在很多人眼中根本不成问题的读音，陆莉华偏偏读成 huī，也就是读成“灰”机。

这句话的始作俑者是陆莉华一年级的语文老师，当年陆莉华在某乡村小学寄读，其语文启蒙老师是个民办老师，普通话不准确，飞机的“飞”就读成“灰”，他的学生都是读“灰机”。当年该小学校长曾找到学区校长，痛陈基础的重要性，但学区校长无可奈何。乡村小学本来就缺老师，要么民办老师转正，要么临近退休，否则谁愿意去山旮旯里。用校长的话说，“山村里的光棍汉，能娶到老婆就不错了，还想挑肥拣瘦。”普通话老师纠正多次，陆莉华终于不再“灰机”，而是“飞机”。

在某次演讲比赛，因为临场有点紧张，陆莉华又把“飞机”说成“灰机”，而且整个演讲过程都是“灰机”，天空灰成一片，这让陆莉华刚刚形成的脆弱自尊心又垮到地面上。陆莉华当时就下定决心，有机会自己要凭借努力给一个地方带来改变。

陆莉华毕业之后，分配到某个山村小学任教。当时她要求担任一年级语文老师，她无法忘记自己的“灰机”之痛。但校长坚决不同意，校长说缺六年级语文老师，一年级语文老师由临近退休的老师担任。整个学校，年轻教师只有三个，其他都在三年内退休。一年级还可以应付，如果让这些临近退休的老师教六年级，就不仅仅是“灰机问题”。陆莉华只好无奈接受。

罗则同继续到学校转悠，这几乎成为他的习惯。陆莉华和他开玩笑说这是书记在时刻监督，让她不敢有丝毫懈怠。罗则同笑答，原来以为自己经验老到，说通俗点是只老狐狸，后来发现陆莉华才是一只狐狸，虽然年轻，但招数不少。陆莉华晃晃脑袋，说书记可不能这么说，要不然虽然自己已经成家，不愁嫁不出去，但也还是会毁掉形象。陆莉华知道说的是自己怂恿罗则同去要人的事情。

当时田背中心小学校长依照惯例要把几个临近退休的人调整到田背小学。罗则同跑到田背中心小学校长办公室，校长解释说已经尽最大努力分配了两名年轻教师，当然其中一位包括陆莉华，其他确实没有办法，请罗书记理解谅解。罗则同笑得很有深意，言及想给田背小学换个校名，改为田背老年大学，然后请某些领导前来揭牌，比如陈一关或者吴高仁，到时候请校长前往主持。校长被罗则同一说，连连求饶，后来从中心小学再调整两名年轻老师到田背小学。但校长还是留下一个问题，说老师他是调了，思想问题自己可以尽力，但不敢保证。罗则同把那两个老师叫到跟前，也不多说，就几句话："服从安排，认真教书，合同工，期限两年，然后回中心小学，不会只进不出；不认真，也不会是长期工，不养吃闲饭的，但能否回到中心小学，不敢保证。"陆莉华说那两个年轻教师后来说他那言语中有明显的威胁语气，就差动刀子了。陆莉华大笑，不敢说这是自己出的主意，只好把锅继续甩到罗则同头上，说他位高权重，校长也无奈屈服。

罗则同看到学校里所有的师生宿舍都装上空调和防盗网。防盗网是陆莉华强烈要求的。当时陆莉华刚毕业分配到乡村小学任教的时候，有个晚上，村里有个二流子装成喝醉了酒，拎着酒瓶子歪歪斜斜跑到学校，说要和陆莉华等三个年轻女教师谈心。另外两个女教师吓得脸色都变了，只有陆莉华拎着放在门后的一根不锈钢钢管，把该二流子追得屁滚尿流，脚步一点都不踉跄。陆莉华还坚持报警，让警察把该二流子带到派出所审问一通。陆莉华"女汉子"的名声就此传开，但陆莉华说该经验不可复制，如果当天不是她，后果不堪设想。罗则同深为赞同，田背小学要办成寄宿制学校，安全至关重要。他不仅仅在所有宿舍装上防盗网，还装上空调，所有经费由他解决。罗则同坚持要把学校办成家那样的温馨，这样才会吸引学生前来就读、老师前来任教，所有奖学奖教的机制和基金筹集都在有序推进。

"试验田耕种得有滋有味。"陈一关到田背村，被罗则同拉到田背小学转圈。昔日荒凉已经被热闹代替。"晚餐就到学校食堂就餐，和孩子们一起吃饭。"陈一关提出要求，罗则同笑答本来就如此安排。

他明白陈一关在饭点前赶到田背村，肯定就是为此而来。

“吴书记原来也要来，但刚好有个招商引资接待。”陈一关解释道。

“书记到不到田背小学食堂关系不大，已经有您这位领导到场监督已经足够。但建议书记和您不定期到各个学校食堂吃一吃饭，用你们金贵身体作为监督，学校食堂的食品安全和食物的丰富程度肯定会明显提升。”

“看看，你们罗书记在布置作业了。”陈一关对赶来的陆莉华说。

“这个，你们大人谈话，我们小孩子不介入。虽然是作业，但批改的老师不是我们，是那些孩子和家长。”陆莉华晃晃脑袋。

“这小陆老师越来越厉害了。”陈一关点头，“不过，罗书记说的这个有道理，全盘接受，我相信吴书记也会接受。”

“其实，我还知道一个事，下午吴书记在经过某个中学的时候，悄悄拐进学校，直接到课堂听课，上课的老师抬头一看，看到教室后排多了一个人，开始的时候不经意，以为是哪个家长，该怎么讲就怎么讲。后来校长知道消息赶来，那老师才知道这是县委书记，一时手足无措。”陆莉华的消息让罗则同有点意外。

“看来，我以后也要不时来听课。”面对罗则同的感慨，陆莉华有点调皮：“您还少啊，经常背着手在操场和走廊转悠，典型的生产队长。”这句话一落，陈一关哈哈大笑，陆莉华感觉有点不合适，吐了吐舌头。这时候，田小天过来，说有人来找陆莉华，是山口村的一个企业家，好像是要谈资助寄宿生的事情，陈一关挥挥手，让陆莉华去处理。陆莉华说她去看看情况，如果需要还是要请领导共同出场。

7

来的人是陈一山。听说陈一关和罗则同都在，陈一山顿了一下，想说点什么。陆莉华不等他开口，说明白他的意思，她带他过去，一起见面，省得一件事说两遍。陈一山很高兴，没想到事情开局不错。

陆莉华带着陈一山过来，握手介绍之后，陈一关开玩笑说："嗯，看起来很巧，不知道的人以为我们是兄弟。"

陈一山一笑，说："领导平易近人，我只是普通百姓，领导不开口，我可不敢随意攀高枝。"陈一关有点意外，现在不少企业家，只要跟领导站在一起一会，就能到处吹嘘自己和某某领导关系很铁，有机会合个影，要么放大挂办公室要么发朋友圈，归根到底就是抖搂。陈一山有点不一样，陈一关在心里念叨，要么他比较清醒要么嫌自己官不够大。

罗则同让田小天泡茶。陈一山说明来意：陈一山家在山口村山内组，属于隔壁乡镇。他此次前来，是因为田背小学复办之后，他想把山口村的数十个小学生迁到田背小学就读。山口村原来也有小学，撤并之后，孩子们都集中到田西中心小学就读。山口村虽然属于田西镇，但距离镇区有一段距离，反倒离田边镇比较近，尤其距离田背村不远。当时山口小学撤并，曾经有家长也想并入田边中心小学，但因为行政区域不同，期间涉及不少东西需要协调，而且田边中心小学猛然增加数十个学生，容纳不了，也就没有成功。陈一山作为外出企业家，清楚其中缘由，因为中心小学属于镇办，村完小属于村办，各有投入渠道，简单一点就是你山口小学学生应该由山口村投入，合并到田西中心小学，属于儿子找老爹，天经地义。如果并到田边中心小学就是侄儿侄女找叔叔、伯伯，没道理花自己的钱养别人的孩子，尽管这也有关系，但毕竟有点距离。尤其容纳能力有限的时候，更为计较，就像经济不好自然就计较得失，如果经济没有问题人自然豁达。此次看到田背小学复办，而且办得风生水起，陈一山就动了念头，因此前来找陆莉华协商。原来想先探路，然后再找领导，没想到刚好领导都在，就直接把牌摊开，能否成功就看这一把。

“如果山口的孩子能到田背小学就读，我可以资助一笔钱，但除非迫不得已，不要公开这笔钱是我出的。”陈一山坦诚相告。这句话让陈一关有点意外，资助办学是个好事，为什么陈一山不愿意留名？陈一山看着陈一关的眼神，开玩笑说：“看来我今天必须老实坦白，否则就过不了领导这一关，以为我是坑蒙拐骗。”

陈一关挥手：“坑蒙拐骗倒不至于，心有疑惑也许是有的，如果可以，还请陈老板解疑释惑。”陈一山让田小天给自己续水，说既然自己有求于领导，对于领导要求自然应该爽快答应。

陈一山是山内组人，这个小组很小，就 100 多个人，陈一山是小组里仅有的三个大学生之一。当年陈一山大学毕业，有个晚上到同学家喝酒，喝完酒拒绝同学留宿，骑着摩托车回家。当时没有抓酒驾，陈一山自认为酒量和驾驶技术都属于上乘，骑在山路上有自然惬意之感，谁知道山风一吹，酒气上涌，在半路上一个拐弯的地方摔到路下，当时已经是半夜，山村道路已经没有车辆往来，如果没有人发现，陈一山情况不容乐观。事后发现陈一山当时头部受伤，流了不少血，也是他命不该绝，当时有名叫陈老水的村民在山涧里抓石鳞，抬头看到有摩托车灯的时候还念叨一句：山路上车开那么快是找死啊。当时他念叨完毕就往山涧上游走，渴望多抓几只石鳞。走了一段路，他感觉奇怪，按道理车应该拐过来了，为什么车灯凭空消失？坏了，应该是摔倒了。陈老水原来还想不要多事，但毕竟已是半夜，如果真有意外，自己没有施以援手，会是一辈子的内疚。就是陈老水这一念之间，救了陈一山。陈老水找到陈一山的时候，陈一山已经因为流血过多昏迷。陈老水赶快打电话叫人，同时自己背起陈一山就往山外跑，与赶来的村民把陈一山送到县医院，救了陈一山一命。

陈一山出院之后，带着礼物到了陈老水家，跪下认了干爹，逢年过节都来看望陈老水和其他当天晚上施以援手的村民。陈老水和村民都夸陈一山懂得感恩。

陈一山的企业越做越大，他给陈老水和村民的礼物也越来越多，过年红包也越来越大，后来扩大到过年的时候给山口村每个上了60岁的村民包红包，六一儿童节的时候给山口小学的学生发礼物。村民们也从最开始说陈一山懂得感恩到后来认为是理所当然，甚至陈老水也是如此。陈一山感受到这变化，但他认为只要自己心安，别人怎么说都可以。直到前年发生的事情，让陈一山感到滋味复杂，甚至感觉悲哀。

陈老水的孙子陈继平在陈一山企业打工，按照陈一山的计划，是想让陈继平从一线工人做起，逐步培养，但陈继平不愿意，还找陈老水出面，要求直接进人事部。陈一山一时心软，就让他进了人事部。陈继平到了人事部，不好好工作，招了好几个山口村的年轻人。山口村原来就有十几个人在陈一山的企业打工，陈一山出于感恩，只要有想到他企业打工的山口村村民他就尽量安排在合适的岗位。原来这些人也心态平稳，认为陈一山这人很好。后来陈继平进来之后，到处说“陈一山是我爷爷救的，没有我爷爷，他陈一山早就骨头打鼓了”。骨头打鼓是当地说法，意思就是早已死亡。

陈继平招进来的人也是如此挟恩自重，他们不好好工作，搞特权，把企业搞得乌烟瘴气。无奈之下，陈一山只好把拒绝接受企业规定调离岗位的陈继平几个人开除。陈一山专门跑回家，他给每个开除的人都准备了一个红包，尤其是陈继平，更是一个大红包。但他们没有给他多说话的机会，陈老水把陈一山的红包扔到地上，让陈一山滚出去，说自己瞎眼了，救了一个白眼狼。时隔不久，刚好是六一儿童节，往年都是陈一山亲自带着礼物到学校看望孩子，无论是在山口小学还是撤并到田西中心小学。刚好当时陈一山出国洽谈业务，委托其高管前来，被陈老水和其他被开除员工的父母带人轰走，说这是陈一山假惺惺收买人心。

“升米恩斗米仇。”罗则同长叹一声。

“他们不理解我认了，但这些孩子们寄宿到田西中心小学确实太远，有很多不方便。我想如果可以，请你们以田背小学要做大，扩大学生规模的原因把山口小学的孩子们都收进来，部分大人们不理解我可以接受，但孩子是无辜的。他们寄宿的费用，学校生源规模扩大需要的投入我来捐赠，就一个要求，匿名。”陈一山很诚恳。

“我可以隐瞒一段时间，但我不赞同隐瞒到底。孩子们是无辜的，但孩子们也要从小就树立正确的人生观、价值观，不能因为年纪小就不分是非。基础不牢，地动山摇。我答应了，只要他们愿意，田背小学敞开大门。”罗则同很严肃。

“但是，后续如何培养教育，就是学校的事情。学校要有自主权。”陆莉华也开口了。

陈一关也提出要求：“嗯，不能因为是孩子就可以纵容，更要因为是孩子从小就让他们走在正确的道路上。如果不能引导孩子们分清是非，那我们的教育就是失败的。我们的乡村振兴就无从谈起。”

“谢谢你们了。”陈一山站起来，向他们几个人鞠躬。

“我看你们可以组织一个顾问团队，平常可以征求一下他们对学校发展的意见，可以自己来或者通过他们邀请一些合适的人员来学校开开讲座，学校不应该仅仅是传授课本知识的地方，更要传授人生知识。”陈一关向陆莉华建议。

“好，在座的三个人就是我们学校的第一批顾问。”陆莉华马上开口。

“顺杆爬。”罗则同看了陆莉华一眼，陆莉华晃晃脑袋，开心地笑了。罗则同发现陆莉华笑得很阳光灿烂，就像逐步向上的田背小学，如果把周边乡村的学生并入田背小学，田背小学就不是一个村的小学，是一个片区的小学了。罗则同发现自己又抓住一点什么。当时复办田背小学，罗则同也已经和吴高仁以及陈一关说好，是一个试验。他不敢保证成功，但坚持要试一下，“不试一下，怎么知道是咸还是淡。”如今试了，罗则同感觉味道还不错。

“泡茶，泡茶”，罗则同拿出茶叶，招呼田小天泡茶。“田背山的茶应该有个名字了。”罗则同念叨道。“田背香。”罗则同口中跳出一个词，这个品牌是田背村茶叶以前使用的一个名称，带点时光的印痕。“还是用这个就好，有些东西烙有时光印记就有老味道。”

“‘老味道，味蕾上的乡愁，回得去的故乡。’刘妍婷注册的‘老味道’和她的宣传语不错，可以结合一下。”陈一关插话道。

“嗯，可以去和刘妍婷聊聊，还有陈顺意的直播，最近不知道搞得如何了。”罗则同在心里嘀咕道，他发现事情越来越多，但自己都不觉得烦，累并快乐着。罗则同给罗苏妍发了一条短信，保持沟通还是必要的，距离应该是风景，不能成为障碍。

第四章　勇往直前

1

“小鲁，你帮我找两个人。”陈一关叫来小鲁。小鲁原来是田边镇扶贫办主任，办事利索，陈一关就把他调到县委办，跟着自己。

“好，哪两位？我见过吗？”小鲁有点好奇。

“这两个人你都知道，但都没见过。一个是田一归，另外一个是田奇水。”小鲁一听，心里念叨一句：果然如此。他把刚要说的另外一句话咽回去，这两个人果然是自己知道，但都没见过。田一归是清朝康熙年间人士，田奇水则是游击队交通员，牺牲在革命年代。两个人都属于历史，小鲁自然没有见过，他无法穿越历史。

“找一些他们的资料，尽可能详细。”陈一关交代。

“好。”小鲁答应得非常利落。领导交代肯定有其意图，但究竟何用，领导没说，就不宜打破砂锅问到底。小鲁看陈一关没有其他交代，转身出去。

小鲁办事效率很高，一个上午的时间，把一叠打印清楚的资料放到陈一关面前，有县志记载，有编进书里的文章复印件，还有网络上搜索来的资料，分门别类。最上面的资料属于小鲁自己整理的，分别就两个人的情况做了归纳综述，基本情况一目了然。陈一关看了，点点头：“小鲁不错。”

小鲁口气依然谦逊："目前能找到的就是这些，您看看是否还需要什么，我再设法。"小鲁知道领导的肯定是一回事，但自己一定不能骄傲，不能给点阳光就灿烂。小鲁也没有说，其实他之前已经提前收集整理了一部分两个人的材料，小鲁有种直觉，这两个人的材料用得着。

"你把这材料送给罗则同书记一份，叫上卓可和周见山，下午我们去看看田公陂和一归书院旧址。"

小鲁知道田公陂，这是个水利工程。当年田一归考上举人之后，带头捐资修建了这道水陂，有好几个村的群众受益，被群众誉为"德政工程"，称其为"田公陂"。群众自发刻碑颂扬田一归，县志里有相关记载，但石碑没有留存下来。

田公陂在田坑水的上游，已经损毁，但残段依然留存。可以看到，当年田坑水直泻而下，右岸地势比较低，引水灌溉没有多大问题，左岸地势相对高耸，只能看着水奔腾向前，田一归募集资金修建了田公陂，引水左流。县志里记载："水滔滔而左岸势耸，地欲润而不得，民受其苦，急而泣，公忧之，逡巡上下，公捐俸禄田产，募资修陂，引水，德泽邻里，民感之，称为田公陂，是以立碑，以载其德。"

"看看田公陂，不知道诸位有何感触？"陈一关看着河水冲刷田公陂残段，靠近河岸处，杂草生长。

"有些事情会被冲淡，有些事情不该被遗忘。"周见山说了一句。

"以前群众给田一归立碑，虽然如今碑已不见。但田一归的德政流传下来，不仅仅县志上有记载，还有一些文章也写了他的事。这都说明他当时口碑很好。"卓可也跟着说。

"除了看见陂，不知道大家是否还想到什么？"陈一关依然提问，"这陂很重要，这个是结果，但我记得有文章写到修建田公陂过程中的一些故事。不知道两位是否了解？"

另有用意。在旁边的小鲁心里动了一下。

田一归当时决定修建水陂的时候，委托村社老人组织一个团队选择位置，类似于今天的理事会。最初的位置并不是定在后来修陂的地方，而是往下300米。当时主导的人是田一归的外公，他认为是自己外孙出的钱，这个位置必须自己说了算。田一归外公之所以如此选择，考虑的是把水陂建在自己村里地界，万一以后和外村人产生争水纠纷，自己这边可以占据地利。田一归外公心里还有另外一个算盘，就是上游一个村社和自己家族曾经有过山林纠纷，把水陂往下移，那个村社的田地就无法引水灌溉，这属于公报私仇。形势比人强，上游村社的人有苦难言。其他人虽然有想法，但想到牵头的人是田一归的外公，田一归肯定胳膊肘往里拐。但田一归没有简单根据大家的意见就立马拍板，而是自己再次勘探。上上下下走了几遍，他认为外公等人选择的位置不妥，而是应该上移一段距离才是。这时候上游村社有老人找到田一归，把其中缘由告诉他，田一归听后，立刻把外公劝出选址团队，他认为外公没有秉持公正心，已经不适宜担任这个角色。

田一归外公被自己的外孙逐出选址团队，心里自然不爽。后来由田一归亲自确定水陂地址之后，田一归外公想承揽修陂工程，一方面挽回面子，另外一方面这项工程肯定有利润。他认为田一归肯定不会拒绝自己的要求，其他人也认为合理，但没想到田一归断然拒绝。田一归拒绝的理由不仅仅是外公之前的不当行为，还正因为是自己主导，外公就不便承揽这项工程。田一归的举措让外公勃然大怒，连续多次在田一归上门的时候避而不见，但田一归依然坚持自己的决定。这个故事没有刻在石碑上，但口口相传，后来因有文人写成文章得以流传。

“有些事情不匆忙回答，但必须好好思考。”陈一关没有追问卓可和周见山，只是说了一句就准备转场，但对于卓可和周见山，这不是翻篇，他们好像抓到今天陈一关带他们来看田公陂另有用意，这不是简单地来看看数百年前的一个工程，更不是无事转转。从田公陂到停车的地方有一段距离，路不好走，几个人低头看路，小心前行，但卓可和周见山的思维没有停止，他们想到最近的一件事：田边镇坑头村从上面争取到一笔资金修建入村道路，村书记和村主任争着做这项工程，为此翻脸，互相举报前几年各自负责的工程偷工减料，一件事引发多件事。卓可看到路旁有一丛藤，缠来缠去非常复杂，他感觉坑头村目前状况有如这丛藤，没有那么容易理得清楚。

到了路边的时候，大家的裤管沾上了鬼针草的果实等，各自忙着清理。陈一关看到在路旁等待的司机小陈，笑说：“还是小陈简单，不走进去就不会沾上。”小鲁跟了一句：“不过不是想不走进去就可以不走进去。”话刚说完，陈一关接话：“小鲁说得对，许多时候身不由己，那就看大家如何不沾身。”卓可和周见山互相看了一眼。

“小鲁，说说田公陂的故事，好像中间那段也不是自然损毁？”陈一关转了话题。

“我看到材料上写的，当时是故意把田公陂炸了。因为水流量比较小了，还有左岸的田地都不种水稻了，下游需要用水就把田公陂炸了。看看残段，当年的质量确实好。”

“嗯，小鲁厉害，不仅仅讲了事实，还讲了原因。质量，这个是关键。”陈一关接话。卓可和周见山恍然大悟。

“明白了吗？”陈一关看着两个人问。

“明白了。”两个人同时回答，这时候还不明白，两个人就是头猪了。

“明白了就好，知道怎么做了吗？”

“知道。”两个人不敢吭声，其实知道怎么做是一回事，能不能做下去，能不能做好是另外一回事，不过两个人都不敢提出异议。他们记得有次开会，各乡镇在汇报工作推进情况，大多乡镇都表态要努力推进，有个乡镇书记却反复强调困难。这个乡镇书记不知道是认为陈一关是挂职干部或者什么其他原因，在陈一关多次确认，甚至帮他想了几个点子后还是推三阻四。陈一关选择跳过，让其他乡镇继续发言，总结会议的时候陈一关说他会把今天各乡镇的工作态度和工作进展正式向县委做个报告，如果有的人确实胜任不了岗位，他会建议县委调整其岗位。陈一关语调平缓，但大家都听出其中的波涛汹涌，那个书记也明白陈一关在说他，但依旧不以为然。半个月后，该书记被调整岗位，调到县直某部门任职。县委书记吴高仁在会上说："既然屁股坐在那里，就应该好好干事，如果只会推卸，那屁股就应该挪个地方。既然这个萝卜不适合放在这个坑，那就换个坑。"

"我知道你们还有想法，这很正常。田边镇出现的问题不仅仅你们这个地方有，不少地方都有，属于疑难杂症。不能指望一劳永逸解决问题，否则就不是疑难杂症。"陈一关说看到卓可刚才在路上的时候认真看了那丛藤一眼，他知道卓可肯定有触动。卓可心里吓了一跳：这领导的眼睛真厉害，自己就看了那丛藤一眼，他居然看到自己的内心了。

"不是我厉害，只是我一直在想，吴高仁书记也在想，我们要如何解决这共性的问题。你们两个考虑田边镇，吴书记考虑的是西水县，我属于敲边鼓，搞点动静。几天时间让你们想，到时候再碰头聊聊。"陈一关说。

陈一关上车，去下一站一归书院。他让小鲁告诉已经在一归书院等待的罗则同和县文旅局局长等人，自己马上就到。陈一关闭眼，小鲁知道他不是在休息，而是在思考问题，就悄悄地把车内音响关了。

一归书院在田边中心小学校内。一座青砖灰瓦的平房，安静地处在校园一角。一归书院曾经写进县志，历经数次修葺，也面临数次拆迁危机，最近两次，一次是 20 世纪 70 年代。当时有人说书院空置在那里，浪费空间，时任校长组织教师连夜把学校的旧课桌椅、档案等杂物搬进去，说书院是学校仓库和档案室，一旦拆除，这些东西无处容身，一归书院得以保留；另外一次是20多年前，曾有镇领导动议要拆掉这书院，说这平房和学校其他的教学楼相比，格格不入，拉低学校档次。这个动议引发教师强烈反对，说这是破坏文物损害文化的荒唐举措，差点引发教师集体上门，把提动议的领导搞得相当狼狈。

陈一关等人到达的时候，罗则同和县文旅局局长等已经在书院内等候。前几年，学校把一归书院做了修整，当成学校文学社团场所。书院不大，朴素安静，大家绕了一圈，回到书院内坐下交流。校长发现领导重视，马上表态说要进一步发挥书院作用，把书院设置成学校校史馆。

卓可明白陈一关志不在于此，提出要从全镇的高度再次修缮一归书院，从全县乃至更高的高度挖掘一归书院的精神实质和文化内涵。

“我想提醒大家关注一个点，这就是一归书院当时为什么建在这个地方?”陈一关插了一句话。

“和田一归的格局有关。”小鲁说了一句。田一归是田背村人，按常规会把书院设置在田背村，但他没有，原因在于当时田背村地偏，不利于文化的传播。但他也没有把书院设置在当时的县城，这有记载，说田一归认为县城人来人往，而且已经有了书院，把一归书院设置在县城属于锦上添花的重复建设，选择把书院设置在田边镇则是拓荒之举。

卓可听了这个说法，把书院的选择和田公陂的修建联系一起，他觉得陈一关今天的行程好像意味深长。

“罗书记说说。”陈一关示意罗则同。

“我觉得几百年前的田一归都知道建书院，建书院的目的是什么?传播文化，传播文化的重要功能是教化。作为村书记，我觉得田背村在乡村文化的挖掘和建设方面要先行一步、走深一步。修缮书院仅仅是载体，挖掘和传播文化才是关键，把其文化的本质转化为指导今天工作实质是要害。”罗则同的话一落地，卓可心里轰地一下，认为自己抓住了那丛藤的关键。

“罗书记就是厉害，不愧是厅级干部。”陈一关喝了一口水，手指头敲着桌面。“我们看事情确实不能只能看到表面，要透过现象看本质。而且要善于总结提升，不能几百年前的一个官员都能看到做到，几百年后我们却输给他。”陈一关让卓可和周见山好好谋划一下，准备在田边镇开一个现场会，参观田公陂和一归书院，关键是摸索乡村小工程的规范管理。“卓书记你做个发言，这个发言角度要选好，不要泛泛而谈、不痛不痒，要有辣味、有深度、有力度。小鲁你帮卓书记准备这个材料，请罗书记考虑一下田背村村庄文化如何挖掘建设，做个示范。”陈一关还就文旅局的任务和学校的任务做了分解布置。

“好好准备，参观路线修整关注一下，但要考虑清楚，不要留下一地高跟鞋。”大家要笑但不敢笑。故事是陈一关之前说的，言及某地建设美丽乡村，在村里种了花草修了木栈道，刚修成观感不错，后来牛也走上木栈道，把木栈道踩坏多处。有几个在城里生活的年轻女性村民回到村里，看到村里有木栈道就前往散步，一高兴就在木栈道奔跑，谁知道高跟鞋陷进栈道上的洞里，脚崴了；还因为木栈道工程质量存在缝隙过大问题，另有游客的高跟鞋被卡，刚好事情发生在同一时间，这几个人又把自己遭遇发到网上吐槽，引发网民热议，被称为“高跟鞋事件”。后来舆情关注点就转到美丽乡村建设的面子和里子问题，持续多天才逐渐消停。大家明白陈一关话里意思，哪敢再笑出声，这不仅仅是不合时宜，简直是找骂。

陈一关留下罗则同。罗则同说陈一关要下盘大棋，今天之前没有先透露风声，差点没有领悟领导意图。陈一关笑答这是县委吴高仁书记出的题，今天只是小试一下，看看能否破题，未来任重道远。至于透露风声，大可不必，冲着罗书记厅级领导退休后回乡担任村党委书记，这题目想必难度不够，还可以做些延伸和附加题。

罗则同说：“我发现你越加狡猾，随便两句甜言就想让我往前冲，以前还给两个糖果，现在连这也节省了。”打趣完毕，罗则同说他回去之后，把村口那棵桂花树的故事先进一步梳理，毕竟这棵树是田一归种植的，还有田一归在村里的故事，一并认真挖掘。

“就这?”陈一关有点不满。

“唉，就知道你不容易对付。田背小学现在已经逐步走上轨道，我知道这个试点关注的目光多。当年田一归能把一个书院办得有声有色，难道我们能输给他?连一个学校也建不好、管不好?”田背小学撤并之后，罗则同又争取复办，罗则同知道这种逆向而行只能成功不能失败，关键点还是要可复制，敲锣打鼓要有连串效果，不能简单地发出单音。

“嗯，这个是说到点子上，算一个。”陈一关有点得逞之后的得意。

“我现在在搞村庄彩画工程。”罗则同有点无奈。“我原来想搞完了再说，就这我都不好意思，好像我是一只母鸡，下一个蛋就‘个个大’叫几声，现在被你逼得还没下蛋就开始叫。”罗则同的彩画工程就是让田背小学的陆莉华校长组织田背小学师生，还有田背村在外的学生，按不同主题在村里房子的白墙上画画，粗糙也好，稚嫩也罢，罗则同要的是村民的参与感，还有对村庄的想象设计。“把梦想和美丽画在墙上，陆莉华觉得从小就培养孩子对家乡的认同感，而且凸显孩子们对家乡的个性化理解。”罗则同认为这个很好，就全面铺开。“现在的田背村，墙就不是统一的白了，那只是底色，说是五彩斑斓一点都不为过。”罗则同说起这个很高兴。

“加上这个依然不够。文化不仅仅是静态的，也需要动态的；不仅仅是现在的，还要有历史的。”陈一关边走边说。“乡风文明，移风易俗，这内涵很丰富。田背村禁赌了，但能否坚持下去?还有那些村民空余的时间干什么?天眼工程除了治安管理，还能发挥什么作用?”罗则同对陈一关话题的转向跳跃有短暂的不适应。

“说个事，好像坑头村里前几天发生一起故意伤害案件，有没有听说?”罗则同知道陈一关的用意了。

陈一关说的案件发生在坑头村。该村有个村民，长期在外打工，一年就回来两次。前几天突然回来，到了村里的时候，已经半夜。他打不开家门，开始的时候以为是老婆自己一个人在家把门反锁，敲门很久依然没开，给老婆打手机也没有接。无奈之下他只好发了一个短信，告诉老婆自己回来，因为门开不了，到附近的堂哥家借宿。发完短信，这个村民走了不远就觉得半夜去敲堂哥的门也不好，又拐了回来，想在屋檐下对付一个晚上。没想到他刚坐下没一会儿，门打开了，同村的一个男性村民从他家走出来。这个村民才知道老婆出了状况，拿起门口的一根木棍追打该男性村民，把他打得脑震荡住院。他把跪在地上的老婆猛打一顿，导致其左手骨折。这件事情闹得沸沸扬扬，直到目前还没妥善解决。

“这件事情还不能简单用道德评判对错了事。现在城里存在‘临时夫妻’，农村里也多少存在这类状况。一个是从道德约束，从文化影响的层面，另外关键的还是乡村的发展，能让村民在家门口就业，这些事情就会大大减少，也才能从根本上解决问题。”陈一关继续和罗则同交流。

“田背村能否在这方面有所突破，您回去思考一下。我们再探讨。还有，我准备了田奇水的材料，您看看。”陈一关把小鲁准备的有关田奇水的材料给罗则同，他知道罗则同会有所动作。

“书记，我开始行动了，不过这是个系统工程，能推进到什么程度，不好说。‘望闻问’都相对好办，‘切’也要摸索，关键疗效如何，心里没底。”陈一关给吴高仁打电话。

“看来你这个医生也不是包治百病。”吴高仁在电话里笑道。

“每个人症状不同，没有哪种药可以包治百病，所以才有对症下药的说法。”

“嗯，希望你这个名医能探讨出治疗方案。能不能治好病是关键，敢不敢出手是勇气。我们这个医疗小组，共同努力。”

“好，共同努力。”陈一关有力回答。挂断电话，陈一关觉得自己好像穿上白大褂，成为一个名医，继续望闻问切。

2

罗则同马上行动，他在车上就给田河水打电话，让他找几个人，聊聊田奇水的事情。等罗则同到了村里，田科人、田古水、田吉山和田小天等人已经等候在村部。有关田奇水，大家多少都有了解，但也没听过完整版本，基本都是片段，拼凑起来有个大致轮廓，最为清晰的是田奇水是被国民党反动派在村口砍了头。

田奇水牺牲的时候是 1936 年春天。那天田奇水正在耘田，初春的水还有点冷，但田奇水没有感觉到水的冷，干活的人是不冷的。他赶着借来的牛在犁地，牛是老牛，不待扬鞭自奋蹄，不急不躁地走着，偶尔喷个响鼻。田奇水扶着犁，很有技巧地控制着按住犁把的力度，把犁头控制在合适的角度，沉睡一个冬天的土地被犁头豁开。他不时晃动一下手腕，以手腕的力度控制犁把，压重了，犁头上扬，就从土地表层溜过去，地犁不开；压轻了，甚至把犁把扶起来，犁头马上吃进土地深层，很容易就被卡住。就是在同一个水平线往前，也要控制犁头的路线，偏左，犁头就空跑；偏右，又会漏一条地没犁到。田奇水跟着牛，犁头向前，地一块一块翻起，侧翻着裸露出泥土的肌理，啪嗒躺倒在水里，有泥土的气息浮上来。田奇水很有成就感地看着身后犁开的地，在附近的秧地里，秧苗已经绿油油地很有生机地生长。地犁好耙好，过一段时间就可以插秧了，田奇水好像看到黄澄澄低垂的稻穗。田奇水抬头想呼一口气，这时候，他看到山路拐弯处走来一支队伍，心里咯噔一下。

田地在山路拐弯处的路下面，这支队伍迅速走近，是一支被称为“白狗子”的国民党兵队伍。田奇水不看这支队伍，他抖了一下缰绳，老牛哞地叫了一声，似乎很奇怪，它走得好好的，为什么田奇水要驱赶它。不过老牛还是加快了脚步，把泥水踩得飞溅起来。

“你，上来。”白狗子的队伍停下来，有个兵朝田奇水喊道。田奇水叫了一声，牛停下来。他没有动，看着白狗子，大声说道：“我犁田呢，什么事?”“上来。”白狗子又喊了一声，还哗啦啦上了保险，枪口指着田奇水。田奇水把“牛担”退了，扔了一把干草给老牛，向路上走去。他知道这地估计犁不成了。老牛哞地叫了一声，卷起一口草咀嚼着。

“你们要问什么事?直接问不就行了，还得我上来。我犁田呢，这牛还是借的。”田奇水念念叨叨，一脸不耐烦。

“把他捆起来。”带头的白狗子喊了一声，马上有几个人扑上来，把田奇水按倒在地。

“干什么?干什么?”田奇水徒劳挣扎着，嘴里喊道。

“干什么?田奇水，你这个共匪，今天终于抓到你了。你不要告诉我你不是田奇水，也不要说你和游击队无关。今天你跑不掉了。”白狗子又喊了一声。田奇水停止挣扎，他知道今天自己真的跑不掉了。

田奇水被押回村口，在村口的一棵柿子树下停下来，被绑在树上。“去，把村里的人都赶过来，看看私通共匪的下场。”带队的白狗子喊道，村里的人很快就被赶到村口。

“奇水，奇水，你怎么了?怎么会抓你?”田奇水的老婆田小草扑进人群，朝着白狗子喊：“你们是不是抓错人了，他就是一个卖菜籽的。”

“别说了，我们都知道了，他借卖菜籽替游击队送情报，他是游击队的腿，我们今天就把这腿砍了，看谁还敢替游击队跑腿。”田奇水听了这话，知道自己暴露了，他朝田小草摇摇头："别说了，你自己要好好地活下去，再找个人嫁了，我连累你了。"田小草哭了出来，瘫倒在地上。

"今天你是活不成了，我要砍下你的头。"白狗子不看田小草。"活着不好吗？私通游击队，就必须死。来人，把田奇水的头砍下来。"村民看到要砍头，想往后退，可是后面有白狗子守着，退不了。

"等等。"田小草爬了起来。

"干什么？今天他必须死。"白狗子不耐烦。

"他今天一早就去犁田，到现在肚子空空了，家里还有碗早上剩下来的稀饭，能不能让他吃了再上路？"田小草哀求道。

"好吧，就让你吃了这碗稀饭，也不会是个饿死鬼。"带队的白狗子答应了。

田小草回家把稀饭端过来，上面放了一点咸菜。她边哭边喂着田奇水，田奇水流着眼泪，把那碗稀饭吃了。白狗子等他吃完，就把田小草拉到一边，把田奇水的头砍了下来，血喷了柿子树一树，田奇水的头掉到地上，嘴角还挂着一颗饭粒。田小草晕了过去。

田小草醒来后，拿来家里缝麻袋的针和麻线，把田奇水的头缝了起来，在村民的帮助下，把田奇水下葬了。她拿来田奇水的菜籽袋，这是布袋，有两个，平时田奇水就把两个布袋打结，一前一后搭在肩膀上，背着这两个布袋，走村串户卖菜籽。田小草把里面各个小袋的菜籽各抓了一把，抛撒在田奇水的坟头。过了不久，田奇水坟头长满了各种菜苗。

这个片段最为清晰，经常被各种文章引用，但历史不可能仅仅只有一段。田奇水死后，田小草自己养活自己，经常到山上砍柴，后来再次找了一个男人，叫罗两升。罗两升并不是本地人，是个篾匠。田小草如何认识他，当时无人知晓，当地的村民见过几次罗两升在田小草家出现。有一天田奇水的坟头压了新纸，有烧纸钱的痕迹。田小草告诉了几个村民，说她要离开村里，以后也许会回来，如果她没有回来，请村民在清明节也给田奇水的坟头压点纸，烧点纸钱。那几个村民听得眼泪涟涟，他们知道一个女人要活下去不容易。

田奇水死后不久，有个晚上，有三个人找到田小草家。田小草对突如其来的三个人有点惊讶，但又似乎没有特别意外。这三个人是游击队的人，其中有个人是李副队长。李副队长告诉田小草，田奇水是李副队长发展的交通员，平时只和他们三个人联系。此次田奇水牺牲，他们也很奇怪，但白狗子能够直接指认，肯定有哪个环节出问题，只是不知道在哪个环节出了问题，只能留待以后查证，他们会尽力给田小草一个交代。

他们带来 30 斤大米，说这是组织上对田奇水牺牲的慰问，同时带来一张他们三个人按指印的证明，证明田奇水是游击队交通员。田奇水是交通员的事情，因为他的牺牲，在游击队被公开。田小草再次大哭，她拒绝了李副队长发展其为交通员的劝导，说自己只是一个农妇，只想过好自己的日子。李副队长看到田小草看着他们三个人的目光，点了点头，只是让田小草好好照顾自己，说他们会再来看她。田小草把门拉开，请他们离开，说他们有来看自己，承认了田奇水确实是为游击队做事，那田奇水至少不会死得不明不白，以后就不要再来了，她一个农村妇女，胆子小。

田小草在李副队长离开之后，烧火做饭。她把李副队长拿来的大米做了一大碗干饭，在门里烧香，对空祭拜，让田奇水回家吃饭，吃饱饭。田小草对田奇水被砍头前，就只吃了一碗冷稀饭配一点咸菜耿耿于怀。这些故事是田古水说的。算起来，田古水要叫田小草姑婆，田小草和田古水的爷爷同辈，属于同族兄妹。因为田小草和田奇水包括他们的祖父、父辈都属于一人单传，他们一人死了，一人改嫁，后面的故事就逐渐消失。

“这不仅仅是个人的事情，也是村里的事、县里的事情，我们有责任、有义务把这些故事整理清楚。”罗则同也感到有点愧疚，他知道好几次有人提议应该把田奇水的事迹整理清楚，但因为有难度又搁置下来，每次的收集整理都是碎片化，没有形成完整链条。

“组织一个工作班子，收集整理田奇水的革命事迹。”罗则同当即拍板。“要多种形式并进，到本地党史部门，也可以到邻县党史部门，还可以通过网上征集的方式。我们要尽力还原历史。这个是村史馆的重要内容。”在罗则同开会的时候，小鲁打来电话，说陈一关让他参与田奇水事迹收集整理的工作，他已经和党史部门联系了，应该有新的东西出现。

罗则同长呼一口气，这陈一关好像算定自己会马上行动，相关工作都安排跟进了，这节奏不跟上不行。“节奏不快，跪赶不上拜。”罗则同想到这句俗语。

3

田奇水的面目在李副队长的一篇回忆录里逐渐清晰。

李副队长是田奇水的上线。田奇水走村串户卖菜籽的某天，行走在山路上的他听到身后有人奔跑而来，田奇水侧身让到路旁，那个人冲过他身旁的时候，把一件东西塞到他手中，急促地说：“这个东西先帮我收着，过后我找你拿。”田奇水来不及说什么，那个人继续向前。田奇水出于本能，把他塞过来的东西，其实就是几张折叠好的纸，迅速塞到垂挂在胸前的菜籽袋，把纸张埋在菜籽里。他刚把手缩回来，身后就传来一阵急促的脚步声，是一队国民党兵。

田奇水继续往路旁让，前面那个人跳下路面，顺着一丘一丘的水田往下窜。“站住，再不站住开枪了。”国民党兵大叫。但那个人依旧奔跑。枪声响起，打到水田里溅起一串一串水花，田奇水心提到嗓子上。这时候那个人已经跑到一条山涧上方，他猛地扑进山涧。这山涧不宽，杂草和小树木丛生，互相掩映，一个人到里面，上面根本就看不清楚。那个人得以脱身。

国民党兵骂骂咧咧，又放了几枪往回走。临走的时候，看到满脸煞白的田奇水，开玩笑说："游击队没抓到，差点把卖菜籽的吓死。"这群兵哄然大笑，逐渐走远。田奇水的腿都软了，在路旁一块石头上坐了下来。

一阵时间过后，田奇水看到那个人从山涧上游爬出来。等那人到后，田奇水把东西从菜籽堆里掏出来，那东西沾满了菜籽的香味。那个人自我介绍，说自己是游击队李副队长，今天去取情报，被白狗子盯上了。李副队长说自己认识田奇水。田奇水奇怪他怎么就如此信任自己，不担心自己把情报交出去。李副队长一笑，说他相信自己的眼光，再说了，田奇水如果把情报交出去，就根本撇不清和自己的关系，国民党兵肯定认为两个人是一伙的。几年过后，说到两个人的第一次交集，田奇水还说当时李副队长是吃死自己了，李副队长大笑，说自己阅人无数，相信自己的眼光。

李副队长和田奇水告别之后，说自己会去找田奇水喝茶。果然，李副队长连续找了田奇水几次，喝茶是其次，田奇水就此成为游击队交通员，利用自己走村串户卖菜籽的方便替游击队传递和收集情报。其中一次最为惊险，田奇水卖菜籽的时候，看到众多国民党兵往某个村前进，行动异常。他穿过国民党兵队伍想继续向前行走，被国民党兵拦下。他哀求国民党兵让其通过，说自己要到前面村子卖菜籽。其中一个国民党兵破口大骂："滚，要打仗了还卖菜籽，小心你的小命都没有了。""要打仗啊，我走，我走。"田奇水很害怕地后退。几个国民党兵大笑，说这次挖的坑够大，可以把游击队一起埋了。他们不再在意脸色发白的田奇水。

田奇水掉头走出国民党兵的视线之后，发力狂奔，他气喘吁吁地抄近道赶到情报交换点，让联络员火速通知游击队转移驻地，更换行进路线。游击队得以避免一次灭顶之灾。田奇水因此被记了一功。

田奇水如何暴露一直是个谜。田奇水被砍头之后，游击队内部开展一次审查活动。李副队长和另外两个联络员是主要对象，但审查一段时间，没有发现明显疑点，只好暂时搁置。

搁置并不意味着放弃。对于田奇水暴露的事情，李副队长耿耿于怀，他要给战友一个交代，要给田小草一个交代。他看得出当时他上门慰问的时候田小草的那种怨恨和冷漠。李副队长也要给自己一个交代，他明白在其他人眼中，自己也是一个怀疑对象。

事情后来有一个转机，某次游击队抓到一个国民党兵，审问快结束的时候，李副队长多问了一句："还有没有其他要交代的？"那个国民党兵迟疑一下，说："你们还记得那个卖菜籽的吗？你们不奇怪我们是如何知道他是你们的交通员？"李副队长的脑袋轰然一热，差点站起来揪住该国民党兵。

据交代，这个国民党兵听他们排长说过，他们排长原来只是副排长，能够提拔就是抓住田奇水，把田奇水砍了头。该副排长姓孙，当时孙副排长之所以识破田奇水，是因为某次和他一个表弟聊天的时候得到线索。他表弟是个卖草药的，经常去山里挖草药，山里有个寺庙，庙里有两个和尚，一老一小。排长表弟经常在挖草药的时候，顺路会去找两个和尚喝茶，好几次遇到田奇水，这让他很奇怪，两个和尚虽然也种菜，但需要的量极少，田奇水应该没有理由经常去庙里。

孙副排长听完，不动声色。跟踪田奇水，发现田奇水果然常去寺庙。他在一次田奇水离开之后，突然袭击搜查寺庙，当天老和尚不在。孙副排长在小和尚的房间里搜到一小块布，这块布有浓郁的菜籽香味。虽然只是一小块布，小和尚也咬紧牙说这块布是前几天包菜籽用的，但副排长根本不信。菜籽卖给客户几乎都是用粗纸包的，根本没有听说是用布包的，这不符合情理。孙副排长信佛，找不到证据，只好悻悻而回，但他没有放弃继续追查。

时隔不久，游击队有个交通员被捕，被拷打之下，说他有一次和队友喝酒，那个人曾经提及，他接手的情报时常有一股菜籽的香味。孙副排长一听，马上联想到田奇水，于是他就带兵前往抓住田奇水，把田奇水砍头示众。

李副队长听完，颓坐在椅子上。田奇水暴露的原因有比较清晰的指向，但那个被捕交通员提及的队友，已经在某次战斗中牺牲。当时该队友为了掩护战友撤退，带着五个人拖住国民党兵一个营的兵力，在被敌人包围的时候引爆最后一颗手榴弹，粉身碎骨，在英烈花名册上赫赫有名。李副队长也终于明白，那个寺庙里的两名和尚为什么在某天晚上突然转移，老和尚回到自己老家不久后圆寂，小和尚在参加某次战斗后牺牲。

李副队长找来当时和自己一起前往看望田小草的两名队友，把情况说了，写了一份材料按了指印上报。他们三个人前往田奇水坟前，烧香相告，因为田小草已经离开，只知道她后来改嫁，具体情况不详，李副队长他们只好惆怅离开，在后来的战争岁月中，另外两个战友相继牺牲，有关田奇水的事情也逐渐淡去。

小鲁在一本书里找到李副队长这篇回忆录，非常兴奋。他觉得这篇文章把本来有些模糊的田奇水清晰化了。他到党史办查找资料，期望能够找到当时李副队长三个人按指纹上交的情况报告。不过他翻了一个遍，还是没有找到这份报告。就在他不抱希望的时候，在一个档案袋里，找到一个字条。这字条写的是1949年后，田小草和她儿子罗水生曾经来查过田奇水的档案，按原件抄写复制了李副队长的报告。字条里写明这件事，还说字条一式两份，互为佐证该事实存在，字条上有时任党史部门负责人的签名和指印。

小鲁有柳暗花明又一村的感觉，而且他原来就计划寻找田小草，他想知道这个女人最后的命运如何。党史办没有田小草的联系方式，只知道她在邻省生活，儿子叫罗水生。小鲁草拟了一份寻找田小草和罗水生的启事，发在网上，重点是发在罗氏宗亲群，尤其是邻省的罗氏宗亲群。小鲁凭直觉觉得这应该会有效果。

事情马上有了回应。得到消息的居然是田背村的罗建安。罗建安在邻省办企业，在当地有不少朋友，当地有几个村姓罗，这也是罗建安当初选择把公司落户在此的原因之一。罗建安有个朋友就叫罗水生，这个老人是当地退休教师，看到罗建安转发的寻人启事，他找上门来，让罗建安可以把寻人启事撤了，说自己就是启事上要找的人。

小鲁接到罗建安电话，非常兴奋，立刻向陈一关汇报。获得批准后，小鲁一行稍做准备后就启程，前往目的地。小鲁觉得自己可能会还原一段历史。出发的时候，小鲁跑了一趟田背村，把田奇水的坟墓，包括田奇水的老房子都拍了下来。田奇水的老房子是土建平房，历经数十年已经颓败，虽然还站立着，但有垂垂老矣的感觉。这房子自从田小草走后就上锁了，锁头锈迹斑斑，木门沉寂，关住了一段历史。小鲁没有急着打开这扇门，他觉得现在还不是时候，只是拍了几张照片就出发了。但小鲁相信，这扇门被打开的日子不会太久。

4

陈一关接到县文旅局局长的电话，说环城公路施工现场挖到一块石碑。挖掘机驾驶员没有简单地把石碑填埋，而是拎了几桶水冲洗，发现是《修田公陂记》，立刻报告文旅局，目前文物人员已经赶往现场。文旅局长听说陈一关前段时间专门去看了田公陂，不敢造次，立马汇报，陈一关马上出发，前往现场。

现场，文物人员已经把石碑弄到边上，石碑完整，字迹基本清晰。文物工作人员说拓印下来后，应该可以完整辨认。陈一关让人把石碑拉回县博物馆暂时存放，让相关人员抓紧拓印，细心辨认解读。

陈一关正和挖掘机驾驶员聊天，他表扬该驾驶员意识到位，说不定抢救了一段历史。这时候，周见山的电话来了。周见山报告了一个消息，坑头村的村主任打电话汇报，该村一水毁工程施工现场，有辆运送石料的工程车滑进河道，司机重伤。问题关键不是司机操作不当，自己把车开进河里，而是司机倒车的时候，幅度相对较大，倒得比较靠边，把一处已经完成的工程压塌，造成车辆下滑，滑到河里侧翻，司机重伤。周见山不敢说，村主任的语气中有点压抑不住的兴奋，因为这工程是村书记的亲戚承建，大家都明白承建方明面的老板背后站的是谁。

陈一关赶到塌方现场，看到被压塌的豁口，村书记等人都在。周见山正在训话："你们看看这工程，鼻涕糊的？还有监理单位，眼睛被屎糊了？"陈一关相信这是因为不能动手，否则周见山真可能一巴掌过去。

陈一关看到质量监督人员已经在取证，他瞟了周见山一眼，没有吭声。村书记想打招呼，但陈一关根本不理，他只好讪讪站到边上。陈一关在现场停留五分钟，没有多说什么，留下一句话："认真查，好好查，查到底。"随即上车而去。这句话陈一关语气平静，没有恶狠狠，也没有声嘶力竭，但大家都听出平静语气后面的波涛汹涌。

陈一关让驾驶员开车随便走走，他来到一处工地。该工地是水面桥，原来设计是桥的两边有栏杆防护，但陈一关多方咨询后，把桥面拓宽一点，但取消栏杆，理由就是栏杆会造成垃圾在栏杆处纠缠拥堵停留，造成洪水排泄不畅。该河道不宽敞，上游是林场，暴雨过后时常会有枯枝树叶等被冲到河里，水面桥考虑的不能仅仅是通行。"决策真的不能简单拍脑袋。"陈一关自己念叨了一句。

周见山赶来。他示意司机和陈一关的司机都不要靠近，自己向前。周见山递了一根烟给陈一关，没有说话，有些时候，任何语言都是多余。陈一关接过烟，狠狠吸了一口。

"记得那些校安工程吗？"陈一关问了一句。

周见山当然记得，开始的时候校安工程也是各个学校当业主，吴高仁说每个校长都是工头，都是小老板，每个校长都有工头找，不专业，又忙得一塌糊涂，一不小心还犯错误。吴高仁一声令下，成立全县的校安工程办公室，把所有的校安工程都交由县属国企承建，校安办当业主，所有校长不再直接介入工程事宜。这不仅仅是专业的人干专业的事，还堵漏洞。开始的时候，也是褒贬不一，各种声音都有，吴高仁不为所动，他坚持一个原则："任何事情有声音是正常的，没有声音才是不正常的。要干事，就要理性对待这些声音，许多时候，不同的声音是最好的监督。"

"要下决心了，不能再拖。"陈一关把烟头碾灭。

"我要拜师了。"陈一关打通吴高仁电话，汇报了自己的思路：把所有的小工程打包成工程包，加强建设过程中的监管。

"望闻问切，你要开方了。你这个做法会得罪不少人，但更会惠及许多人。"吴高仁充分肯定。

"医生要考虑疗效，但可不能因为担心不敢开药方，这就不仅仅是庸医而已。您当年都不怕，我至少也要有输人不输阵的勇气。而且，更多压力在您这边。"陈一关没有说，自己属于有明显时间限制，两年挂职期限一到，拍拍屁股走人。

陈一关刚来挂职，也有人提醒他，不宜太刚，只要平稳就好，反正两年时间一到就回来，不出意外再提一级没有问题。但陈一关用行动拒绝这种提醒，"我不能简单留下我曾经来过。所有的政绩应该是写在大地上，不是写在纸上、挂在墙上。"

陈一关有天和吴高仁一起在月光下喝茶，聊到挂职问题。用吴高仁的话说深入坦诚交换意见。

"你是省直部门来的，某种程度上属于制定政策的人，至少是可以影响某种政策条文的人之一，有必要深入基层了解各种情况，起草各种政策要多考虑基层实际和可操作性。"

陈一关以茶代酒，敬了吴高仁一杯，说："以后无论走到哪里，当牢牢记得书记提醒，多换位思考。制定政策是要执行落地的，不仅仅是挂在墙上好看。"

"嗯，我这'低音'能够影响到高见，确实不容易，你能听进基层声音，很好，可以考虑挂职期满转任职。"陈一关笑笑，没有接话。吴高仁端起茶，一口喝了："好茶。好月光。"

县文旅局长打来电话汇报说文物工作人员已经把《修田公陂记》碑文拓印下来，碑文内容已经发过来。陈一关详细一看，碑文信息量很大，基本印证了修建田公陂的种种说法。陈一关细读碑文，想起自己之前看到一篇文章，谈及修建田公陂的时候，有个捐来的官员，因为在工程中谋取私利，被田一归发现，立刻取消其资格，而且田一归不停留在就事论事，而是彻底调查，最后该官员被免。陈一关和周见山聊起这事，周见山恍然大悟，说这个官员在他们的族谱里出现过，但昙花一现，后来就极少有人提及，原来消失的原因在此。

陈一关收到《修田公陂记》的时候，正在参加县委常委会，会议其中一个议题，就是通报对坑头村水毁工程修建过程出现问题的处理意见。相关部门一查，发现该村党支部书记涉入颇深，县纪委决定对其立案调查。

"拔出萝卜带出泥，我们不能因为这些泥就不拔这个萝卜。也不仅仅是拔一个萝卜了事，要好好看看其他的萝卜怎样了，有没有空心烂心了，只要萝卜坏了，坚决拔。"吴高仁毫不留情，"我们还要及时看看，这萝卜地的环境变化。大家都有经验，如果萝卜地长期浸水，这萝卜就容易坏。我们就要时刻监控，坚决不让不利于萝卜的水流进萝卜地。我们不能因为修了一批工程倒下一批干部。"

吴高仁的话铿然有声。与会同志纷纷发言，赞同要完善机制，出台更系统更有力的监督手段，不能简单地头痛医头，脚痛医脚。陈一关提出的加强小工程监管的议题得到热烈回应。

“蚊子肉也是肉，既然小家伙不容易引发关注，我们就让其长成大块头，吸引各方目光，强化各方监督。”吴高仁做了总结发言，该议题顺利通过。

会议结束，县文旅局局长前来汇报，请示《修田公陂记》石碑要放在哪里。针对石碑安置，有两种意见，一种意见是要在田公陂附近重新立起来；另外一种意见则认为要把石碑收藏在博物馆，认为石碑是文物，不宜在野外风吹日晒雨淋。县文旅局局长觉得两种意见都有道理，自己不好轻易决定，就来汇报请示。

陈一关的意见是要把石碑立起来，石碑本来就是立在室外，不能因为要保护就简单化处理，把其挪进温室藏起来。但因为道路改线，田公陂已经少有人经过，为了立碑而立碑也不对。陈一关对县文旅局局长提起，田公陂附近不是有个残破的田公亭吗？陈一关一说，该局长马上明白。这个亭原来是驿道上的一个凉亭。西水县有“十里一铺，五里一亭”的说法，这个亭子就在离田公陂数百米处，因为田公陂的存在，当地人习惯把其称为田公亭。“曾经有群众给我发短信，说这个亭是目前全县唯一还保存相对完整的凉亭，属于西水县的一个文化符号，不能任其消亡。”陈一关话音刚落，文旅局局长马上反应过来：“我们把田公亭重新修缮，把《修田公陂记》石碑立在田公亭其中，两全其美。”陈一关肯定了该局长提议：“许多时候，解决问题的办法不是非此即彼，不能直来直往，要多考虑是否还有第三、第四种方法。”该局长拿到解决办法，高兴而去。

陈一关掏出电话，打给小鲁。他想知道寻找田小草的事情进展如何。他觉得应该会有相对满意的结果，“甘蔗一节一节啃。”陈一关想起这句话。“啃不动就榨甘蔗汁。”陈一关自己笑了。

5

小鲁到达的时候，罗建安已经在等待。喝了几杯茶，小鲁迫不及待地要求出发，看到答案很可能就在面前，小鲁无法平心静气。

罗水生见到小鲁，也是颇为激动。小鲁明白罗水生的激动和自己不尽相同。小鲁激动是因为马上可以揭晓一段历史，罗水生的激动更多的是因为可以把藏在心底数十年的往事说出来。罗水生拿起早就放在桌上的档案袋，递给小鲁。当年罗水生抄下来的李副队长三人写成的报告就在其中。这报告只是事实的一部分，小鲁需要的东西更多。档案袋里有数张照片，黑白、彩色都有。照片的主角是一个女人，小鲁知道这个人就是田小草。从面容上就可以看出，田小草是个有故事的女人。岁月还是无法掩盖全部。

故事在罗水生的叙述中展开。当年田奇水被砍头之后，李副队长曾经想发展田小草为交通员，田小草断然拒绝。因为李副队长他们三个人负责和田奇水联络，但田奇水交通员的身份暴露，三个人都有嫌疑，田小草谁也不信。田小草自己养活自己，经常到山上砍柴割茅草，有几次碰到罗两升。罗两升是个篾匠，走村串户给人编谷笪、补谷笪和编箩筐等竹制品，干这些活的原材料就是山上的竹林，罗两升就需要不时到山上砍竹子。几次交流，罗两升和田小草逐渐熟悉，有些事就水到渠成。

田小草和罗两升结婚前夕，罗两升告诉田小草，自己的真实身份是游击队的交通员，篾匠的身份和田奇水卖菜籽一样，也是一种外衣。或者说，他是借自己走村串户做篾匠，同时承担交通员的角色。田小草对天一笑，觉得冥冥之中自有定数，自己好像跳不出去交通员家属的角色。田小草和罗两升一起，前往田奇水坟头，烧香告知田奇水。

两个人在一起不久，罗两升发现自己可能暴露，根据上级要求紧急转移，田小草随同转移。罗两升辗转各地，继续担任交通员角色，田小草也成为一名交通员，辅助罗两升工作，组织上只知道罗两升负责单线联系一名交通员，但具体身份不详。或许是为了和过去有个告别，或许是其他原因，田小草更名罗细妹。两年后，罗水生出生。这时候，组织上派遣他们一家三人护送一份重要情报，在路上，被叛徒告密泄露，罗两升引开敌人，匆忙之中只来得及匆匆告诉田小草，让她带着儿子罗水生回他的老家罗家村，投靠老家亲友。

罗两升没跑多远，就被国民党兵追上。田小草听到枪声，她带着罗水生靠着路旁的石头，她知道这时候自己不但不能像田奇水牺牲时那样站出来，还不能有任何异常，否则不仅仅无助于事情解决，自己母子俩也活不了。也许自己可以不在乎，但刚刚出生没多久的儿子如果出了意外，就对不起罗两升，也辜负了他引开敌人的努力。

没多久，国民党兵架着受伤的罗两升从田小草面前经过，田小草惶恐地看着罗两升一行，她知道如果自己过于镇定，肯定会引起怀疑。实际上，她内心也是惶恐，她知道罗两升这一去，活命的机会非常之低。罗两升漠然经过，好像不经意地瞥了自己两眼，然后把目光转走。田小草知道这目光含义丰富，她微微点头，抬手理了一下被风吹乱的头发，掩饰自己的惶恐和眼泪。

国民党兵走远，田小草顺着罗两升跑开的路线，在荒草丛中找到行李。因为田小草看到罗两升被捕的时候，行李已经不见，估计罗两升会在被追的过程中把行李扔了。田小草找到行李，里面为数不多的一点钱还在，她知道自己这时候必须坚强，必须把罗水生养大成人。情报不在，田小草估计罗水生已经把情报销毁，他不敢冒险把情报放在行李中一并扔掉，万一国民党兵追查，情报可能泄露。

田小草找到行李后，把行李重新藏在草丛中，自己抱着孩子远远跟着罗两升。罗两升被国民党兵架着，开始的时候并没有异常，只是漠然前行，也许这认命的姿态让国民党兵放松警惕，走到一个路势比较高的地方，突然之间，罗两升猛地挣脱，要往路下扑去。只是他之前已经受伤，力度不够，没有窜出足够的距离，他落在路面上，第二次向前的时候，已经有国民党兵反应过来，迅速开枪。罗两升就此牺牲。田小草使劲咬住嘴唇，不敢发出声音，她的脚在颤抖，但她不敢坐下去，她知道一旦有异常举动，马上引起国民党兵注意。

国民党兵发现罗两升已经死亡，仍不解气，用刺刀捅了多次，把罗两升的尸体扎了多处伤口，然后骂骂咧咧拖着罗两升的尸体向前，罗两升的鲜血在路上留下道道血痕。田小草等国民党兵走远，才瘫在地上，痛哭失声。她知道自己这回连替罗两升收尸都不可能。哭过之后，田小草起身，回去找到行李，她抱着罗水生往罗两升家乡罗家村的方向而去，这时候，她知道自己需要坚强。

田小草历经艰辛，靠乞讨带着罗水生到达罗两升家乡罗家村。罗两升的父母均已去世，没有兄弟姐妹，只留下两间老房子和几块山地。罗两升常年外出，他在外出之前就把老房子和山地托给一个族亲照管，听了田小草的叙述，该族亲二话不说，把房子和山地都还给田小草和罗水生母子。到达的时候，田小草没有提及自己的原名，一直以罗细妹的身份出现，因此，乡亲们只知道罗细妹和罗水生，不知道田小草这个名字。

罗水生逐渐长大。田小草分多次慢慢把罗两升的事情告诉罗水生，田小草要罗水生记住自己的父亲。中华人民共和国成立后，田小草带着罗水生到罗两升牺牲的地方，试图寻找最后被国民党兵处理的罗两升的尸体。但田小草的努力没有结果，没有任何有关当年这起事件的记载，也许当时国民党员就是把罗两升的尸体胡乱埋在什么地方，也不可能留下什么标志。田小草和罗水生也找到罗两升最后对接的游击队，因为当时基本都是单线联系，没有人能够证明罗两升是游击队员，也不清楚当时是谁委派罗两升夫妻护送情报这件事，甚至连该任务是否存在也无法证明，田小草又属于罗两升直接联系的。罗两升夫妻护送情报的任务失败，等于这条线在罗两升牺牲后就被掐断。

失望之下，田小草带着罗水生回到老家，她把田奇水的事情也都告诉罗水生。田奇水的事情倒是比较明朗，虽然不完整，但线还能接上。罗水生把当年李副队长三个人的报告原文抄录，请党史部门的人签字证明。

田小草还辗转找到李副队长，李副队长对田小草的到来表示谨慎的欢迎。田奇水已经被确认为革命烈士，不过，他拒绝在田小草早期就参加革命工作的证明上签字。他承认田奇水是交通员，田小草是烈士家属，也许当年田小草知道田奇水的革命行为并支持他的工作，但这和田小草参加革命有质的区别。毕竟，当年他亲自前往慰问并希望发展田小草成为交通员，田小草给予明确拒绝。他可以理解田小草的选择，但无法提供证明。他对那次见面之后田小草的行为一无所知，田小草理解李副队长的拒绝，她原来就不抱太大希望，仅仅是一试而已。离开的时候，李副队长没有细问田小草具体的生活状况和生活地址，田小草也没有说。李副队长对田小草另外一个身份罗细妹以及罗家村一无所知。

田小草回到罗家村，继续以罗细妹的面目和罗水生一起生活。在油灯下，她把自己知道的田奇水和罗两升的事情详细地告诉罗水生。她没有让罗水生去找谁，是否承认和是否存在是两回事。田小草要求罗水生记住这些事，但别轻易公开。也许知情者到罗水生这里就是终结，也许哪一天可以广泛传播，田小草让罗水生视情而定。

田小草去世那年，罗水生已经是一名教师。她告诉罗水生，可以把田奇水和罗两升的故事写下来，预防在岁月流逝中忘记，但这时候还不是公开的最佳时机，她带着遗憾离开人世。罗水生把相关故事详细写下来，放进档案袋压在家里木箱箱底。他没有看到李副队长的回忆录，自然也不知晓他当时曾经有寻找田小草的行为。没有几个人会把田小草和罗细妹画上等号。

罗水生曾经萌发把田奇水和罗两升故事发表的念头，但在和某个县报编辑沟通之后，对方认为这些是田小草或者罗水生的一面之词，缺乏有力证明人，可信度并不强大，罗水生也就作罢，直到这次罗建安转发在罗氏宗亲群里的寻人启事。他迫切希望叙说，他担心某段历史的细节就此消失。

小鲁把罗水生的文章复印下来，又让同去的县电视台记者全程录制视频，然后返程。他知道，这次陈一关布置的作业顺利完成了，不敢说满分，但肯定是高分。他在路上给陈一关打了电话，听完汇报，陈一关在电话里说："小鲁，不错，给你记一功。"陈一关知道，前行路上有许多路口，这只不过是其中一个，开车的时候，经常听导航说"下一个路口"，现在深有感触。

6

坑头村把出轨老婆打得手骨折的事情后来有了反转。该村民姓谢，叫谢阿果。其老婆叫易红梅，是个外省籍人士。谢阿果之所以会娶到易红梅，原因在于两个人当时在同一个工厂打工，易红梅刚到工厂的时候，不太适应，谢阿果给予无微不至的关心，从帮忙完成流水线作业的任务到帮忙打饭，甚至是提洗澡水。当时工厂里的公共淋浴间没有热水器，需要热水洗澡只好自己去提热水，谢阿果承包了为易红梅提热水的工作。因为如此关心，非常感动的易红梅以身相许。

结婚之后，易红梅跟随谢阿果回到老家，开始的时候，他们种了一片水果，以为凭借这片水果可以生存，谁知道连续几年没有赚多少钱，谢阿果只好再次外出打工，易红梅在家里带着孩子过日子。因为是外省籍，易红梅讲不了闽南话，操着一口普通话的易红梅要融入当地生活圈子就很困难。缺乏与外界的沟通交流，易红梅显得有点孤单，夜深人静，易红梅多次以泪洗面，她没有后悔嫁给谢阿果，但对于生活的重负也同样无可奈何。这时候，有个男人出现了，这个人叫林木水。

林木水的老婆长期在外打工，他看到易红梅独自带着孩子在家，就经常到易红梅家串门，帮忙干点农活。有个晚上，易红梅的儿子发高烧，林木水背着易红梅的孩子赶到卫生院，医生说孩子是脑膜炎，如果再迟，很可能影响智力，易红梅非常感激。在另外一次易红梅感冒的时候，谢阿果只是在电话里交代易红梅要多喝水，但林木水跑到医生那边带回来了退烧药。孤独是一种病，林木水是一剂药，两个人从此有了故事。

谢阿果刚开始不依不饶，易红梅最后说了一句："我是对不起你，我承认，但曾素菊是怎么回事，你自己清楚。"听到曾素菊三个字，谢阿果挥在半空中的手顿时停滞，再也打不下去。易红梅说完这句话，再也无语。谢阿果也不说话，一个晚上辗转难侧。

谢阿果和曾素菊是工友，那天晚上大家都喝了酒。聚餐之后，谢阿果和曾素菊同路，两个人就一起走，边走边聊。两个人平时说话不多，那天晚上却特别谈得来，到了谢阿果住的地方，曾素菊很自然地边聊边走进来。后来，两个人自然地聊到了床上。曾素菊也是个外来打工的，丈夫在老家种地。有了第一次，就有第二次，他们每周有四个晚上住到一起。担心平时常在一起被工友发现，曾素菊还辞工，到另一个工厂打工。谢阿果和曾素菊没有什么经济上的往来，谢阿果曾经想拿一点钱给曾素菊，但曾素菊拒绝了，曾素菊说拿了钱那就是嫖，那就是卖。曾素菊读过高中，有点文化，她和谢阿果说他们两个在一起纯属相互取暖，有开始，没有未来，哪天说散就散了，两个人说没有感情是假的，说为了感情更是假的。曾素菊有一次和谢阿果做完事后，和谢阿果说："我们至少是相互看对眼，不会互相讨厌，更重要的是互相满足生理需要，我们属于下半身的交情。"曾素菊拒绝谢阿果的钱，偶尔谢阿果给她买件衣服，她过几天就给谢阿果买条裤子，谢阿果知道她这是互不相欠。在一起的时候，他们就一起吃饭，自己做饭吃，菜有时候他买，有时候她买，吃完饭，她洗衣服洗碗。曾素菊说这是举手之劳，女人的美德。

不少常年在外打工的人有个概念叫周租房。周租房是打工的人碰到老婆或者老公来了，集体宿舍不方便，就临时到外面租房子，一般家属来也就一周，所以这房子一般也就租一周，因此就叫周租房。

谢阿果在上班的时候，接到曾素菊的电话。曾素菊说她要回老家去了，现在正要去车站。“你不是说下个月你老公要来吗？为什么急着回去？”

“我老公在老家出车祸，腿断了，我估计不能再来打工了，我要回去照顾他，我就是和你说一声。”曾素菊说着说着就哭了。“我到车站送你。”谢阿果挂掉电话，向工友借了1000元钱，匆匆赶到长途汽车站。

谢阿果到车站一会儿，曾素菊也到了。买好票，谢阿果把1000元钱递给曾素菊，说：“回去给他买点东西补补身体。”曾素菊推辞，谢阿果把钱塞到她口袋，说：“就一点心意，再推就没意思了。”车要开了，曾素菊要上车，眼睛红了，低头说道：“你照顾好身体，别太累了。也许这辈子再也见不着了。回去后也别联系了，到家后我这个电话号码就不用了。”谢阿果眼睛也红了：“你要好好的。”就这么一句话，谢阿果不知道还要说什么。曾素菊走了几步，拐回来，抱了谢阿果一下，抱的时候在他的后背掐了一下，就低头急急地跑上车。车开走了，谢阿果还在那边站着。

谢阿果之所以会突然回家，就是因为曾素菊的事情。他突然想易红梅了，谁知道回到家发现易红梅也有状况。易红梅不知道谢阿果和曾素菊的具体细节，只知道两个人有了故事。被逼之下，她担心和林木水的事情无法收场，只好把曾素菊抬出来。因为易红梅提了曾素菊，谢阿果考虑再三，不再提林木水的事情，只要求易红梅以后好好过日子。谢阿果决定回家，无论怎么难都要咬牙坚持。

罗则同和陈一关说了谢阿果的事情，他说村里的摄像头只是监督，这是一种提醒，本意不是为了发现什么隐私，关键的是乡村要发展，要让人能够好好生活，要让人回来的人有生存发展的空间，才能避免类似谢阿果和易红梅的事情。陈一关肯定罗则同找到了问题的关键点。

小鲁回来之后，罗则同已经着手推进村史馆建设，村史馆有个特别陈列厅，陈列田一归和田奇水、田小草等人的事迹。村史馆不但是为了记住村庄历史，关键的是要充分发挥以文化人的作用，推动乡风文明。陈一关给吴高仁打电话："任重道远，每个路口都要选择好。下一个路口向何处去，我会努力寻找。""我相信陈医生的目光，会准确发现病灶，及时对症下药。名医不是那么简单，我一直相信。"

陈一关说吴高仁就是画个大饼，描绘了一份美好前程，然后就挥鞭赶牛，让人吭哧吭哧地往前奔跑。吴高仁哈哈大笑："领导就得把握方向。"陈一关也笑了，他相信下一个路口风景更为优美。

"我们不仅仅欣赏风景，我们也制造风景。"陈一关低声说道，用力挥一下手。"下一站，下一个路口，我们来了。"

第五章　高见低音

1

卓可晚餐吃得心神不宁。

气象台发布台风蓝色预警，台风“萝卜”逐渐逼近。县防汛指挥部已经启动四级响应。看着气象卫星云图，卓可的手指头在桌面上划来划去。卓可担心的是德美楼。德美楼是卓可辖区内的一座土楼，该土楼就像一个伤病缠身的老人，三分之一已经倒塌，剩下的三分之二屋顶也全都消失，只剩下楼墙佝偻着立在那里苟延残喘，整段楼墙好像支撑不住的病人，稍微往下坐了一些。楼墙有几个地方历经风吹雨打，留下几个缺口，在那里张牙舞爪。墙体多处开裂，有个地方已经倾斜，似乎轻轻一推它就可以轰然倒塌。楼埕内部杂草丛生，荒芜颓败气息弥漫。

卓可几次想象一觉醒来这土楼能够自然倒塌，不过虽然伤病缠身，德美楼依然不愿意自然消失，卓可的梦想也就属于白日做梦。卓可对德美楼的念念不忘不属于一见钟情、心生爱慕，用卓可的话说德美楼就像狗皮膏药黏上他，甩都甩不掉。

卓可和德美楼的相逢属于猝不及防。卓可路过，瞥见德美楼，马上下车走过去。德美楼的安全隐患显而易见，卓可问小鲁，这样的安全隐患为什么不及时消除，比如把德美楼拆了。小鲁告诉卓可，这土楼是县级文物保护点，虽然还没到县级文物保护单位层面，但文物保护点也不是想动就能动。卓可恍然明白，难怪土楼如此残破居然还顽强存在。

卓可在德美楼四周绕了一圈，仅仅说了几句话。因为当天有几个村民凑过来，卓可的言行被知晓，网络上马上就有声音，说这土楼已经将近300年历史，属于文物，当地政府要把它拆除，这是破坏文物的乱作为。看到网络上的声音，卓可知道自己必须有所行动。卓可让小鲁在土楼四周设置警戒线，竖立安全警示标志。“如此危险之地，切勿让人靠近，否则一旦出事，后果不堪设想。”卓可交代小鲁，头脑中出现一个孩童时代看过的画面：有只老鼠刚刚小心翼翼地从猪圈的墙脚下经过，这时候，猪圈里的猪在墙上使劲蹭痒，猪圈轰然倒下，猪吓了一跳，嗷地叫了一声跑开，但老鼠没有如此幸运，被砸得血肉模糊。

动不了就不动，不过事情没有如此简单地一分为二。有些事情不是竖立几个标志就能解决，卓可没有大的动作，舆论声音再次响起：“德美楼已经残破如此，当地政府没有积极修缮，属于不作为。”卓可知道自己已经无法停留在匆匆一瞥，他主动走访周边群众，得到的看法不一。

德美楼建于康熙年间，确实有一定年代。修建德美楼的人不是名门望族，当年田边镇属于偏远区域，匪患严重，田、罗、谢等多个姓氏杂居，三家人中有三个人关系很好，结为异性兄弟，他们看到匪患，相约共同修建德美楼。德美楼修成之际，他们找到田一归头上，请求田一归题写楼名。田一归是举人、知县，名望足够，他应约题写。德美楼就是普通民居，建成之后存续期间也没有出过什么达官贵人，之所以会被列为县级文物点，就是因为田一归题写了楼名。

卓可不能评价当年村民邀请田一归题写楼名究竟是提升品位还是附属风雅。卓可前往走访的时候，德美楼外围有个老人罗德夫，说每逢台风天他都住到附近侄儿家。罗德夫儿子在城里买房，几次想把父亲接到城里，不过老人过不惯城里生活，执意住在老家，说等他走不动了该到城里再去，现在能吃能走还是喜欢住老家的老房子。老人的老房子虽然土木结构，但坚固安全，按道理老人没有什么好担忧的，只是老人的房子距离德美楼很近，万一德美楼倒塌，几乎可以肯定楼墙会砸到老人的房子。“台风天还好，一年就几次台风，可是还有其他刮风的天气呢。我总不能一刮风就跑侄儿家住，他愿意我也不愿意。”老人很无奈。田边镇有句俗语“田边风田东雷公”，意思田边镇风势最猛，而田东镇打雷天气特别多。卓可看罗德夫那种“躲得过初一躲不过十五”的担忧，心里很不是滋味。

卓可曾经召集德美楼的楼民开会，商讨解决办法。会议开得热闹，但各种声音都有，有的说拆掉了事，有的说留下纪念，有的说拆或者留都无所谓，有的说要修缮起来。坚持要修缮的人同时要求政府投钱，意思已经是文物保护点，就不再是他们这些人的责任。保护文物是政府部门的责任，他们说得振振有词，好像是女儿嫁到你家了，就是你家的人了，吃喝拉撒要你家全包。卓可解释说，文物保护主体责任人还是所有人或者使用人，而且是有分级的。上级资金补助比较多的还是国家级重点文物保护单位。小鲁说这国家级重点文物保护单位就像出身豪门，几乎所有的保护经费全部包了，考虑的不是钱，只要保护好。省级文物保护单位是小康人家，会补助一些经费；县级文物保护单位和文物保护点就要自食其力了，价值不一样，力度当然有区别。小鲁说得很形象，卓可表扬。楼民们却不买账，翻来覆去说半天，结论还是要政府出钱修缮维护。卓可摸清了楼民的想法，但没有具体推进。

卓可请专家做了一个规划。专家提了一个遗址保护的方案，把德美楼的楼墙主体削掉，建个大棚把整座楼的范围遮住。卓可向陈一关汇报，卓可发牢骚说专家以为这土楼遗址是蔬菜，需要大棚遮风挡雨才能茁壮成长。陈一关哈哈大笑，劝说卓可还是要注意言多必失："牢骚太盛防肠断，还有，让专家听到，以后揪住你的尾巴你就麻烦。"卓可故作紧张张望状，说："我不就在您面前说说？您不至于替我宣传出去吧？"看陈一关不说话，卓可只好自我圆场："看来我得把屁股夹紧了，尽管我没有有形的尾巴。我相信自己已经进化完成，但无形的尾巴谁知道什么时候有呢？"

"关键是这无形尾巴很容易转成有形尾巴。"陈一关加了一句。

卓可说："感觉自己屁眼痒痒的，好像有尾巴长出来，毛茸茸的，一点不可爱，还很可怕。"

玩笑过后，卓可说："我想把专家的意见做个优化，就是主体还是要削掉，但不建大棚，就把楼的范围围起来，不动，该长草长草，该开花开花。"

"看来你已经有思路，来我这里只不过求得心安，不过你这意见不是你的意见，是专家意见。你说了不算，专家说了算。"卓可点头，说他明白自己说出的话不具专业性和权威性，已经另外组了一个专家团队，而且已经做了沟通，方案将在近期出台。

专家意见还没落地，台风"萝卜"先来。往年台风没有来得那么早，卓可以为自己还来得及，但意外总是有的，虽然这次意外不是惊喜，而是惊吓。卓可很抓狂，恨不得发个狠，把"萝卜"摁回坑里，不过卓可知道自己无能为力。

"找两个人，把罗德夫转移出去。"卓可打电话给村书记。村书记头很大，罗德夫的侄儿这几天出门，把家里的钥匙带走了，罗德夫无处可去。村书记原来想把罗德夫接到自己家里，刚好罗德夫这几天感冒，他不愿意麻烦别人，无论如何劝说还是不去。罗德夫说他有看电视，台风才四级响应，再说看台风路线最多就是擦过去本市，应该不会有多大影响，四级响应都属于提高规格，差不多就是自己吓唬自己的那种。村书记说他会密切关注，万一情况有变，他就是抬也要把罗德夫抬出来。

尽管安排了，卓可还是不放心，他觉得自己今天有什么预感，他隔一阵就刷一次手机，看实时台风路径。到半夜的时候，卓可吓出一身冷汗，台风路径发生变化，拐了一下，原来擦身而过就变成正面登陆。卓可马上给村书记打电话，村书记说他已经出发，带着人赶过去，快到罗德夫家了。

“马上转移，没有任何商量余地。”卓可意见坚决。

“明白。”村书记毫不含糊。

罗德夫还在犹豫，村书记二话不说，带人把罗德夫架上去就走，村书记没空和罗德夫谈论，村里不仅仅只有罗德夫一个人需要转移。罗德夫做了让步，说他知道村部有几个房间，他不去村书记家，他可以到村部去。村书记同意，把罗德夫送到村部，然后报告卓可。

陈一关来电话的时候，卓可还在村里奔走。所有低洼地带和危险民居的人已经全部撤离，房子上锁，还派专人盯着，预防有人悄悄回去。“盯紧，这事马虎不得。”陈一关再三交代。

凌晨3点，台风再次转弯，回到原来路线。天亮之后，台风在隔壁市登陆，没有对本地造成严重影响。罗德夫回到自己家，卓可专门去看了德美楼。德美楼又有两处受损，大块楼墙墙土掉落，其中一处就砸在罗德夫家门口。卓可后怕，他拍了照片给陈一关。陈一关回了一句话：“把牙拔了，把爪子剁了。”卓可明白陈一关的意思，陈一关曾经说，这德美楼张牙舞爪，不知道什么时候扑过来。卓可知道这件事无论如何都要赶快推进，耽误不得。“不是什么时候都那么幸运，做事情靠运气，最后肯定会不幸。”卓可耳边响起陈一关的话。

2

卓可再次来到得月楼，他已经多次来到得月楼。得月楼的情况和德美楼不同，得月楼连文物保护点都不是，用小鲁的话讲就是普通的旧民居。得月楼原来没有多少人注意，自从有个叫耳东的摄影家拍了一组照片之后，得月楼才一夜之间名气大涨。

耳东喜欢背着照相机到处“寻找生活之美”，他转到得月楼的时候，得月楼静悄悄的。得月楼是个三层的圆形土楼，但当时楼内居民只剩下最后一个80多岁的老阿婆。其时该老阿婆穿着蓝色的斜襟衣服，梳着扁平的发髻，坐在楼内水井旁的竹交椅打瞌睡。水井是方形的，井沿石板相嵌，旁边放着一个上了年纪的木桶。楼埕用鹅卵石铺成，有草从缝隙中生长出来，有点枯黄。阳光照射在城墙上，几处城墙的瓦片已经脱落，裸露出城墙的肌体，城墙上长出的藤蔓垂落，有点颓败、沧桑，厚重的岁月气息在弥漫。耳东拍了几张城墙的照片，靠近拍摄了阿婆的特写，那满脸的皱纹和土楼的背景融为一体，岁月的痕迹明显。沧桑中有着一种祥和。

耳东非常兴奋，从不同的角度拍照。耳东找来一张竹椅，坐在阿婆的身旁和她聊天。耳东觉得这场景就像奶奶和孙子在聊家常，温馨亲切。阿婆告诉耳东，得月楼是她婆家祖先建的，有好几百年了，这名字还是田一归取的。当时还请田一归为土楼题写楼名，田一归也已经答应，但土楼还没建成，田一归就已去世，题写楼名的事情就无法落实。后来楼名请附近一个私塾先生写了，但档次差了许多。得月楼没有出过什么显赫人物，唯一可以讲的故事就是田一归取楼名，只是这件事还是个半拉子工程。

“没出大人物、没出有钱人，这楼就没有修了。现在就我一个人还住这里，我死后，这楼估计也就倒了，到时候就开荒种菜了。”阿婆的话有点苍凉。安排慢慢站起来，提着小木桶往回走，耳东又拍了几张照片。拍完照片，耳东掏出几百块钱要给老人安排，没想到阿婆拒绝了：“不用了，我现在吃的穿的都有，是我自己喜欢住土楼，几个儿子都在楼外建了新房，是我自己不想去住。以前也有人来和我合影，要给我钱，他们有人说我拿了钱，以后没有钱估计我都不愿意和人合影了，我就那么见钱死吗?”阿婆说完，居然笑了起来，因为没有牙齿，发出“呵呵”的声音。

耳东把钱收回了，他转身的时候，阿婆补了一句：“我住在楼内不搬出去，是我担心老头子回来找不到我。”耳东听出话里另有深意，就跟着阿婆走进房里。房里摆放着一张长几，长几前是一张八仙桌，桌两旁各一把竹交椅。阿婆口中的老头子原来在县里一个工厂当临时工。那天他在清理厂房屋顶杂物的时候，有个工友兴冲冲地跑过来，在楼下大喊：“你转正式工了，厂里还给你分了单间的宿舍。”阿婆的丈夫已经当了20多年临时工，一直住集体宿舍，听到自己正式转正，还分到单间宿舍，高兴地站了起来，谁知道脚下一滑，从屋顶掉了下来。

老头子在医院抢救之后，医生说很难完全康复，能够保一条命已经不容易，建议回家慢慢治疗。回到得月楼之后，阿婆的丈夫没有逐渐恢复，反而精神失常了，疯疯癫癫。拖了两年，老头子去世。去世之前，有短暂的清醒，他对阿婆说：“你别乱跑，我回家才找得到你。”阿婆流着泪答应。“我答应过老头子，我不乱跑的。”耳东听了，很感动，但同时后背有点发凉，赶紧告辞离开。

耳东的照片和他写的阿婆说的她死后土楼就倒了等几句话一发，引发热烈讨论。阿婆的一个儿子叫阿国，因为父亲从楼上掉下，他得以补员，当了工人，这时候他已经退休。阿国一家一家走访，发动楼内居民修房子：“没有大人物，没有有钱人就修不了房子吗?我们老祖宗也不是有钱人，也不是大人物，他们都盖了这座土楼，如果在我们手头让土楼倒了，我们死后都愧疚祖宗。会被老祖宗敲脑袋的。”阿国几个人制订了土楼修缮计划表，他们决定不等不靠不求人，就土楼楼民集资修，一次性没有那么多钱，分几年修，一定要把得月楼修起来。

第一年阿国他们集资了 20 来万元，每个土楼楼民都出了钱，除了外请的几个师傅，其他都是楼民义务投工投劳。他们把烂掉的屋梁、木椽换了，把瓦片重新补上加密了。楼埕缺损的地方还是用鹅卵石补完整。得月楼的气息马上不一样，沧桑、厚重依然在，但颓败的气息消失了。

第二年，阿国他们又集资十来万元，把损毁的楼板更换了。每个楼民都出钱，多少不一。“这是我们共同的家，不是哪个人的家。大家都要出工出钱，连自己的家都不爱，连自己的家都不管，其他都是屁话。”得月楼后裔基本上都是普通百姓，有外出经商或者在乡镇机关的，也都是普通干部或者小本生意，还有务工，但大家的热情都非常高。“我可不能让别人说得月楼修好了，可是你没有出力。”

卓可多次前往得月楼，就是看重他们的热情。“为什么自己的家园非得等外力来修?”卓可认为可以从得月楼修缮中得到启示，这是个可复制可学习的案例，它的意义已经不是修一座楼，而是一种精神。

卓可这次去得月楼带了一个团队。这个团队也是耳东牵线的，他后来多次前往得月楼拍照，可以说他用照相机全程跟踪了得月楼的修缮工程。耳东的照片引起持续的关注和讨论的热度。有个叫唐少娜的设计师联系了耳东。唐少娜有个团队，专门做旧民居开发利用，在多地成功设计、策划了项目。她联系耳东，耳东热情带路，同时告知了卓可。

唐少娜的团队看了得月楼，很感兴趣。“气息，就这种祥和、安静的气息，我非常喜欢。”唐少娜握着阿国的手：“还有你们这种精神，这份努力，也让我感动。我一定要为得月楼做点什么。”阿国笑了，耳东拍了下来，配了一句话“从骨子里流出来的笑容”。

唐少娜决定接手得月楼的开发。“房子的意义就是用来住的，它成为风景是在过程，千万别把房子修好了把它当风景供着。生活的气息非常关键。”唐少娜和卓可交流。

“老一辈人说，房子如果没有人气就坏得快，修得再好也容易坏。”阿国插话道。

“比如这水井，这井沿是很漂亮，但如果就是摆放在那里，也就仅仅是漂亮。旁边再长一些青苔什么的，就有荒凉的感觉。但如果有人在打水，有人在洗菜，那就完全不同，就是温馨。人间烟火其实是最美的风景。”卓可感慨。唐少娜看了卓可一眼，感觉有点意外。

卓可让唐少娜和村民多交流交流，然后把开发的思路理一理。“镇里可以没有效益，但村民的效益一定要保障，这才可以持续。”卓可边走边和唐少娜交流。

“明白，我这是做一个要成一个，不是打一枪换一个地方。”唐少娜有点俏皮。

卓可让唐少娜好好考察，好好和村民交流，提出思路后再进一步细谈。卓可有事情必须先行离开。唐少娜让卓可赶快去忙自己的事，开玩笑说卓可离开她和村民的交流会更细致深入和接地气，没有太多的理性框框限制，自己更好放开手脚。“有时候，全程陪同是一种客气，但也是一种伤害。”唐少娜的话让卓可有点尴尬，他发现自己有时候居然会接不上话。卓可不再纠结，匆匆离去。

卓可离开是因为陈一关在找自己。陈一关强调是他和罗则同要找卓可聊个事。卓可感觉他们两个人找自己应该和唐少娜前来有关，自己曾简单提了这件事，但没有细谈。领导没有说，尽管自己有想到什么，也不宜明说。看破不说破，这是规矩。卓可告诉自己，那就等领导开金口，自己听着就是。卓可打电话给周见山，让他到田背村和自己汇合，陈一关拒绝卓可迎接自己的建议，让卓可直接去田背村。“我自己认得路，罗则同书记已经在村里。”

3

卓可到达的时候，陈一关和罗则同正在泡茶，茶叶自然是田背香。罗则同笑说自己已经上瘾，没有田背香吃什么都不香，“套用一句广告语，‘喝了田背香，吃嘛嘛香’。”陈一关说罗则同泡的不是茶，是乡情，“茶只是道具，乡情才是主角。”

他们三个人一起去看田小草旧居的修缮。当时田河水建议好好修修，地板铺上砖，墙壁贴砖，至少也要抹白，田吉山说如果村里没有经费，这个钱他可以出。罗则同不同意：“虽然说没钱万万不能，但更重要的是钱不是万能的，如果像你们说的这样一修，已经失去了原来的味道。要修一座房子容易，甚至重建一座都不难，但没有原来的味道，就是一座建筑而已。我要的是那种味道，相信大家要的是那种历史，不是一座房子。”

罗则同让工人只做必要的加固。“田小草旧居已经有了文物的价值，大翻大建只是制造伪文物，偏题了。我们都是答卷人，要认真审题，认真作答。”

“头脑清醒很重要，要不然就可能好心变坏事，不是所有好心做的就都是好事。”陈一关赞同罗则同意见。屋顶上有几个村民正在加密瓦片。

“这些瓦片都是从村民手中买的，他们拆了旧房子，这些瓦片就有了岁月的痕迹，和田小草旧居才吻合。”罗则同的话落地，陈一关接口：“我刚才看了村口柿子树的保护牌了，设计得很好，关键是没有直接在树干上钉个钉子把保护牌挂在树上，现在不少地方名义上是保护古树木，可是要么在树上钉钉子，要么在树上拉绳子，造成极大讽刺，细节很重要。”

“这些房子修好了，我要把它用起来，在四周摆放一些东西，当村史馆，让大家记住田背村的历史。还要在厅堂里摆放一些桌椅，作为村民的活动中心。要用起来才有价值。”罗则同说到邻村那起事件。“不能简单评价是易红梅的错，她的生活太空了，没有内容，所以有些东西就装进去了。知道过年灌香肠吗？如果料不满，空气就进去了，一上蒸笼，就容易炸开。”陈一关说罗则同目光就是厉害，好像X光，不，是核磁共振，精细地看到问题实质。卓可和罗则同交流过，现在村民的业余时间太多，不像以前，农活太多，生活压力大，忙完就累得想睡觉。时间多了，身体和心灵都有空，缺乏内容，就很容易出事，赌博、情感问题就越来越多。

“要让老百姓忙起来。要尽量把村民的生活填满内容。”罗则同在村里不同位置，鼓励村里的妇女去跳广场舞。“动起来就不会七痛八痛，关键是要让生理和心理都没空。”开始的时候，有些人还不好意思。“这又不是比赛，有什么不好意思。屁股和胳膊都是自己的，想怎么扭就怎么扭，怎么舒服就怎么甩。看过牛甩尾巴吗？它们从来不考虑好看不好看，能够赶跑苍蝇就行。”几句话，村里的妇女大笑，逐步放开手脚。

“可不能仅仅是老百姓跳跳广场舞，我要让他们忙着赚钱。”罗则同从广东联系对接了来料加工，就是手工穿珠子等，可以集中做也可以带回家做，很方便。动动手就有钱赚，谁也和钱没仇。

“你的停车场如何了？”陈一关换了话题，罗则同很兴奋，好像表扬到自己的孩子一般。“差不多了，两个已经硬化，准备画线了，一个还在平整中。”这是罗则同的手笔，他在村里不同的位置，规划建设了三个停车场。开始的时候，村民觉得这是罗则同为了面子好看，现在的村民，就是有车也都是停在自己家门口，谁会把车停到停车场。建起来是要干什么？停空气？长草？连蚊子都关不了。罗则同笑而不语。那些来料加工是小打小闹，属于蚊子肉。虽然说蚊子肉也是肉，但如果可以大块吃肉，为什么一定要吃蚊子肉？目光只盯着蚊子肉，最后肯定不长肉，那没出息。这句话罗则同没有明说。

“有些事情可以提速推动了。”陈一关端起茶喝了一口。“田背村投资开发有限公司已经运转起来，这些停车场就是以村投名义修建的。我现在要先解决几个重点户。就像要理顺乱成一团的绳子，要先理顺几个结，这几个结没理顺，欲速则不达。”罗则同有个思路，要开发望月岭民宿，这可不是蚊子肉。望月岭是田背村一个村民小组，一片土墙灰瓦的民居错落有致地散落在半山腰。“望月、吹风、听雨，望月岭民宿，记忆旧时光的地方。”罗则同连广告语都想好，“远离喧嚣，追求安静，吃农家饭菜，过简单生活。这是现在许多城里人喜欢的度假方式。”

“要把房子的问题先解决好，不要到时候节外生枝。”陈一关特别提醒。

陈一关说的节外生枝是西水县之前的一件事。当时有个开发商看中了一座土楼，投资开发土楼民宿，合同已经签了，开发商可以根据自己的意愿对土楼进行改造，所有的居民都签字按了手印，开发商还预付了部分定金。当时该土楼已经破旧，楼内除了单脚跳等三户人家，其他都已经外迁。看到有人投资重修，开始的时候楼民都很高兴，面对开发商都很大气，说只要能够把土楼修好，不让土楼倒塌，其他都没有问题。甚至有楼民说他可以组织一些人义务帮忙：“修自己的家出点力是应该的，力气就像自来水，用光了睡一觉就有了。”开发商很高兴，觉得自己遇到开明的村民，坚持要付给村民工钱，双方的关系好像蜜月一般。

事情出在工程推进中。当时开发商做出修缮效果图后，为了给未来的生意造势，开发商启动预热宣传。面对采访，开发商侃侃而谈，把前景描述得相当辉煌。这就像一个骄傲的父亲，在女儿还在妻子的肚子中，就充满自信描述未来女儿肯定是迷人的美人。几轮宣传，开发商对自己的投资充满信心，有的村民却蠢蠢欲动。

最先跳出来的是单脚跳的兄弟。单脚跳是还住在土楼内的三户人家之一，他有兄弟五人，当时单脚跳父亲去世之前，在楼外盖了四间新房。土楼内有一间房子属于单脚跳的父亲所有。他开始的愿望是每个儿子一间新房，大家都搬出去，只是他的目标还没实现就已经去世。单脚跳的父亲去世之后，他的兄弟把楼外四间新房分了，留了土楼这间房子给单脚跳，理由是单脚跳只有一个人，住哪里都一样，而且土楼是祖宗留下来的，虽然旧但珍贵。单脚跳小时候上山砍柴，摔断了腿，无法正常行走，只能跳着走路，于是落下一个“单脚跳”的外号，更关键的是没有成家。面对兄弟明显占便宜的行为，单脚跳没有说话，只是在晚上的时候，自己躺在床上流了一个晚上的泪水。第二天，单脚跳正常起床，该干什么干什么，太阳照常升起，日子还要过下去。

开发商开发土楼，安排单脚跳看管材料。单脚跳的大哥提着桶要来装一桶水泥，说墙角有几条缝需要补一下，二哥则是要拿几片木板，说要订一个架子放东西。单脚跳拦着不让拿，单脚跳的哥哥就骂单脚跳胳膊肘往外拐，亲兄弟不如一个外人。

“老板让我管东西我就要管好，再说东西少了我要被扣钱的。”单脚跳依然拦着。

“老板，老板，老板能养活你一辈子啊。你这个单身货，以后老了，不得还要靠这些侄儿侄女照看你。就是死了，也要侄儿侄女送你去火葬场。”“扣钱就扣，反正你一个人，就相当于你出这些东西了。”单脚跳的哥哥骂骂咧咧。单脚跳的心里唰地疼了，但他已经不会流泪。他拿着一根木棍，嚷道：“今天不管是谁，拿东西就不要怪我了。”单脚跳的哥哥们看到这样，只好走了，“这死单脚货，不住在楼里，老板会让他管东西，屁都不用想。”

单脚跳看着哥哥走了，围观的人散了，自己坐在土楼内的一块石板上，他用手擦了擦眼睛。他不是没有泪，只是不想在人前流出来而已，在人前流泪是会被笑话的。单脚跳的哥哥边走边骂，他们再次提道，就是因为单脚跳住在土楼里，老板才让他管材料。这就像一个线头，让他们有扯住什么的兴奋。“对，楼里的房间是父亲的，凭什么好处就他一个单脚货得了，听说以后还有租金呢。”他们选择性忘记了自己分了楼外的新房子。

单脚跳的哥哥们去找开发商，说当时在协议上按指印的只是单脚跳一个人，但房子是他们父亲的，属于五兄弟的。单脚跳没想到事情会如此，分家的时候父亲就说土楼的房子分给自己，其他四个哥哥分楼外新房子。单脚跳的哥哥不承认，说父亲当年盖房子，就是计划一个人一间，先盖的先给哥哥，按顺序分下来。单脚跳没分到新房子，那是因为他最小，属于他那间新房子还没盖父亲就去世了，原因在于父亲死得早，没有完成任务就死了，和他们四个人无关，如果单脚跳有意见，可以去父亲坟前烧香埋怨，或者不参加清明扫墓。至于单脚跳说土楼是分给他的，没有协议，空口无凭。“天上雷公，地上母舅公”，在西水县，母舅为大，当时单脚跳兄弟分家，只是按照习俗请母舅来做“公亲”，也就是主持公道，没有留下协议。如今母舅已经去世，属于死无对证。单脚跳哥哥要求开发商重新签协议，未来收益不能仅仅给单脚跳一个人，而是兄弟五人均分。

有了先例，土楼的人好像恍然大悟，发现之前协议有些草率，有好几户人家要求重新签协议，同时看到开发商描绘的发展前景，条件是翻着跟斗上升。开发商目瞪口呆，看着从蜜月到翻脸成仇的楼民。谈判相当辛苦，拉锯战几个月之后，提出要求的人数上升，问题逐渐叠加，开发商心力交瘁。在一个晚上，开发商塞了一条烟和几百元给单脚跳后，选择撤离。土楼修缮开发工程就此中断。

4

罗则同选择的一个重要节点是罗建达。罗建达的家就在望月岭。

四层的钢筋水泥建筑，白色瓷砖贴墙，琉璃瓦屋顶，在一片土木建构的旧民居群中鹤立鸡群。村民能盖新房是好事，不过，凡事皆有例外，看从哪个方向看过去。罗建达的房子对于摄影家来说绝对是个败笔。摄影家说到罗建达的家，痛心疾首，说好好的一张构图，就被罗建达的家给破坏了。罗则同看过耳东的照片，在一片古朴的民居当中，罗建达的房子特别醒目，属于“另起一行”，整个望月岭的气质被改变了。

罗则同几次想找罗建达聊聊，寻找解决办法，但罗建达刚好都外出，罗则同不知道这情况是否属实，还是罗建达在绕道行走，不想和自己见面，如果是后者，“代志大条”。这是闽南话，意思是事情大了，不好解决。

“有代志解决代志，不好解决也要想办法解决。”罗则同态度解决。罗则同小时候经常看着山涧流水，水遇到石头，就从两边流过去，到了石头前方再次融合，然后一路向前。罗则同深受启发。“活人不能让尿憋死。”罗则同几个人商量之后，觉得比较可行的办法是外立面改造，就是把屋顶改成瓦片造型，外墙重新粉刷，刚好罗建达的家位于路的下方，四层楼高刚好高出路面两层，改造后立于鸡群的鹤就不那么醒目，“看起来就是大格的鸡。”意思是大种的鸡，块头比较大而已，勉强可以接受。但田河水还是有点担心，毕竟这样一改，原来是洋气的美女穿了村姑的衣服，颜值和气质下降多个档次，不知道罗建达是否能够接受。“我去做工作，如果我不行，则同你再上。”罗科人主动请战。“甘蔗一节一节啃，事情一步一步做，只能先这样。”

罗则同想想，还是前往望月岭，他想看看，除了罗建达的房子，还有哪些需要注意。“要做就要做好，不要东挪西补。”田河水让罗则同放心，罗建达的房子解决之后，就像破竹，起了一个口，其他顺畅通达。罗则同坚持前往，望月岭有 85 户人家，罗建达只是其中一户。

这一看，罗则同直呼侥幸，田河水则是一脸羞愧，深感自己把话说满了。

罗则同到达望月岭的时候，遇到田望山兄弟回村。田望山兄弟三人，望山、望水、望天，其父亲田外科是个农民，名字外科其实和医生无关，科是村民对山势一弯一弯的称呼，有外科就有内科，只是简单区分。看到罗则同，兄弟三人客气打招呼，忙着递烟。“书记，刚好遇见您，正想等等再去拜访您。”田望山兄弟均在外发展，其中田望山在政府部门，田望水在国企，田望天则是在城里开一家餐厅，在村里属于均衡发展的那一类。

“难得三兄弟一起回来。回来看看老房子？是要常常回来看看。”罗则同亲切招呼。田外科夫妻均已去世，平时田望山兄弟回来不多，一年也就清明回来扫墓一趟，春节都没有回来。据说当年父亲去世后，办完丧事，兄弟三聚在一起喝茶：“父母去世了，对于我们生活在外的人来说，故乡就是远方。当年父母在，我们是亲人，现在父母不在了，我们就是亲戚了。常来常往，有时间回老家看看。”话好像不近人情，但道理就在那里。

“是啊，回来看看，我们想把老房子改成宗祠，把我父母的魂灵请回来，生前他们念念不忘的就是要回来家乡。”田望山的话让罗则同心里咯噔一下。交谈之后，才清楚田外科去世之前，多次提到要回家乡，但他去世的时候在城里，直接在城里火化，骨灰也寄存在陵园骨灰堂。田望山几次梦见老父亲说他想回老家，在梦中唉声叹气，佝偻着身子远行。田望山醒后，泪流满面，觉得自己大为不孝，醒来后和两个弟弟商量。他们决定既然老家的房子已经没有人居住，干脆就把老房子改造成宗祠，把父母、爷爷奶奶的灵位供奉其中，“建一个我们这一脉的宗祠，让父母就住在自己建的房子里面。”田望天有点兴奋。

田外科建房历尽艰辛。田外科是个单丁，也就是家里的独苗。当年田外科的家就一间小平房，10来平方米，放一张床，一张桌子，做饭都要在屋檐下。田外科结婚之前，没有属于自己的床，只是在父母床旁，打横搭了一个铺，用几个土砖做脚，铺几块松木板，就是一张床。土砖是当地建材，秋天水稻收割之后，把水田里的土壤挖起来聚拢一处，牵着水牛在上面绕圈，把泥土踩熟了，用木模做成砖头模样，晒干就是一块一块土砖，是建房子的主要材料。

田外科躺在自己的简易床上，开始的时候并没有太多感觉。等他要娶老婆的时候，才发现是个大问题。未来的丈人说话直接："我不会嫌你家穷，大家都差不多，我不会龟笑鳖没尾，鹅笑鸭大吃。聘金、礼数都不用说了，我不会提，但我女儿嫁给你，总要有一张床的位置吧。"要求不高，但对于田外科来说，是个大问题。田外科的父母想自己搬出去。

"搬，往哪里搬?"田外科知道这不现实。

"我们看了，村口山上有个山洞，搬到那里也是可以的。"听完父亲田松柏的话，田外科眼泪掉下来。

"我为了娶老婆，把自己的父母逼到住山洞，这不可能。"田外科的未来丈人也不同意，他说如果这样，自己和自己的女儿以后就是村里的故事。

"建，建一间房子。"田松柏咬牙切齿。当时是秋天，他开始去做土砖、砍树。做土砖的泥土需要的是熟土，也就是地里的表层土，如果太过深，那就是"田隔土"，太硬，没有黏性，做不成土砖。表层的土挖去做土砖，地力就下降了，影响水稻成长，一般人是不会同意让人在自己地里取土做土砖，这是把自己的饭碗送给别人。田外科的家地很少，没做多少个土砖就挖到"田隔"了。田外科的岳父家的土也用上了，还有几个村邻也把土让出来。

"你要记住这份恩，大恩。"田松柏说，田外科一直点头。

建房子需要木料。当时村里有个规矩，一个家庭一年有从村后山上砍两棵树的指标，田松柏攒了多年，但还是不够。还是田外科的亲属把自己的指标送给田松柏，田外科的岳父也让了指标，他说就当是女儿的嫁妆了。田外科的婚房就是这样“凑”起来。田外科终于顺利把老婆娶回了家。

田外科结婚之后，田松柏一有空余时间，就到处烧草木灰，去路旁、山上收集表层的土，他把这些土一担一担挑到原来让他取土做土砖人家的地里，说让地里尽快恢复肥力。“人要懂得感恩，不能头过身就过。”田松柏对田外科说，“人家帮我们是情分，说不用去干这收土的活是客气，我们不能把客气话当真。”田望山兄弟成人之后，听田外科讲爷爷的话，一直感慨说爷爷的话确实称当上朴素的真理。

田外科结婚之后，把盖房子当成自己人生最大的目标。“我不能等我儿子要结婚的时候才着急盖房子。天晴的时候要想到下雨的事。”他的人生重要内容就是盖房子和准备盖房子。田外科盖了三间房子，房子是闽南常见的风格，三间一字排开，顶厅下落，下落左右两边各有一个小房间。“那以后可是我们的地方，一个儿子一间，我们两个老人就住下落。”当时建房子的时候，算算钱不够，当时田外科老婆说要不只建顶厅，下落不要，田外科坚决不同意。

田望天出生后，田外科对老婆说：“不能再生了，我们盖不起房子了。”田外科想到三个儿子，至少要有三间房子，“一个儿子至少要有一间能放下床的房子。”田外科想到当年自己岳父对自己的要求，“我的事父亲解决了，我要解决我儿子的事，我有三个儿子，这代志大条。”尽管田外科很想再生个女儿，可万一还是儿子呢，想想，田外科就压力很大，刚好当时倡议计划生育，田外科就让自己老婆去做了节育手术。

“我理解我父亲后来为什么认了好几个干女儿。”田望山说到这事，很是感慨。田外科好几次看到村里老人去世，女儿哭得荡气回肠，他就很羡慕，念叨道：“我以后死了，就没有人这么哭了。”他看着身后三间房子，很是宽慰，看着别人家女儿的哭丧，田外科又是惆怅地长叹一声。

“我父亲的人生充满矛盾，也充满遗憾，这遗憾的根在房子。”田望山给自己的父亲做了一个小结。

5

田外科没想到自己的人生规划让自己的儿子全部给打乱了。按照田外科的规划，三个儿子一人一间房子，自己和老婆住在下落，两个人住一间，或者一人住一间，田外科感觉自己可以舒口气。

“当我回家告诉我父亲我买房子的时候，我明显看到他愣了一下。”田望水是三兄弟第一个在城里买房子的。“你们以后会不会争家产?”田外科又点担心，这不是没有先例，村里有人为分房子，吵得不亦乐乎，甚至大打出手。大的分旧的，小的分新的。田外科已经和妻舅商量好了。

“天上雷公，地下母舅公。以后分家的时候，你这母舅公是‘公亲’，可要一碗水端平，不能占这个顾那个。我盖房子有先后，他们出生有先后，就按时间顺序来。”田外科想得很远。

“放心，我们不会争房子。”田望山他们兄弟都表态。

“不好说，你们不争，你们的老婆争不争？她们娘家人会不会让她们争？还没想赢要先想输，话别说那么满，要不然就是大炮。”田外科的担忧不无道理。邻村有个老人，生了五个儿子，和丈夫辛辛苦苦盖了五间房子，最后五个儿子一人一间，剩下两个老人没地方住，最后两个老人只好去住猪圈改造的房子。五个儿媳妇还经常为谁分到的房子是新的还是旧的吵架，一吵架，最后的苗头都对准老人，骂几句是一回事，有时候连生活费都不给。尽管这是个别的，但谁知道这个别会不会落到自己头上。村里老人聊天，聊着聊着就长叹一声。

“好了，以后你不回来，我和你阿姆就不用住下落，可以住顶厅了。放心，你不回来住，但房子还是你的，我们是借住。你的房份不会没有的。”田外科的皱纹舒展了一些。

“您说什么话，这房子是你和阿姆建的，你们住天公地道，怎么就成了借住？这不是倒过来了吗？”田望山有点急了。

“不急，不急，一代养一代，人情不相承。我父母养我们，我们养你们，你们养你们的孩子，天公地道。”田外科摆摆手。

“不行，你们已经把我们养大了，以后就是我们养老，要不然生儿子有什么用。”田望山三兄弟都不同意。

“你买房子，按道理我应该给你一点钱，但我不给。免得以后说这房子我有出钱，要大家分。以后你们两个如果有谁买房子，我也不给。要不然谁给多了给少了，不好说，我一碗水端平，都不给。”田外科对田望水兄弟说。

“不用给，你们有钱你们自己花，你们把我们养大已经不容易，买房子是我们自己的事。你们就是负责把身体养好就行，还要看我们三兄弟都买了房子。”

“而且，您放心，我们肯定不会争不会吵不会闹，谁买的房子就是谁的房子。”三兄弟争着说，田望天摸着母亲的肚子说：“不过，我们有一个房子是三兄弟共有的，就是阿姆这个房子。这个产权证我们永远共有。”这句话逗得大家笑了起来。

田望天搬房子的时候，田外科从这个房间走到那个房间，田望山看到父亲的眼角有泪水。田望山扶着自己父亲的肩膀，不说话。来田望天新家之前，田望山把父母接到自己和田望水的家转了一圈，他要让父母看看，他们都有自己的家了，而且没吵架，没有争家产。

田望山兄弟每个人都给父母配了一把自己房子的钥匙，都给父母安排了一个房间。他们想来就可以来，来了就随时进得了门，这才是家的感觉，这是田望山在开家庭会议的时候，严肃地提出这个问题。

田望天的老婆开玩笑：“我们知道大哥这句话的分量，不换思想就换人。父母不能换，老婆随时可以换。”这句话把有点严肃的氛围给冲淡了一些，好像高汤加了白开水，味道淡了一些。但大家知道，无论加多少开水，汤还是汤，不可能是白开水。

田外科夫妻基本都是住在乡下，有时候两个人泡茶聊天的时候，会开玩笑：“当时没日没夜，以为自己做得很好了，谁知道，后来发现这些白做了。”

田外科的老婆瞪了田外科一眼：“孩子们过得好，你还不高兴啊。”

“高兴，高兴，我就是说一句，你干吗像母老虎？我不就是不希望孩子们像我们一样，要下蛋了才找窝？”“谁下蛋？我又不是母鸡。你才下蛋。”

“我是公鸡，我不下蛋，我只会打鸣，喔喔喔。”

“唉，说说也是，当年罗建达的父亲就没有你好命，搞到最后多没面子，他爷爷到死都放不下。”田外科的老婆长叹一声。罗建达的父亲当年为了娶老婆，也是没有房子，不过情况比田外科好多了，他有两间旧房子，只是没有新房子而已。罗建达的爷爷原来觉得应该问题不大，后来才发现是自己盲目乐观了，相距几个村的女方前来“踏家风”之后，坚决不同意。罗建达的爷爷向女方家长保证，一定在短时间内给孩子们盖一间新房子。但女方家长根本不答应：“保证？保证能当饭吃，还没落实的话，说再多都是屁话。谁知道你们会不会把人娶进门，就像放屁一样把话给忘了。”罗建达的爷爷都给对方下跪了，女方还是不答应。罗建达父亲拉起自己的父亲，掉头走了。临走的时候，他嚷了一句：“为了娶老婆，让自己的父亲下跪，我就不是人。我宁愿一辈子娶不到老婆，我也不娶这样的老婆。”

罗建达的爷爷带着儿子，离开了家乡，他告诉儿子：“你以后要让我回来，你一定要让我有光彩地回来。”罗建达的父亲响亮地回答：

“我是你儿子，你这一跪，我记住了。以后我再也不让你下跪，我一定让你站着，站得比谁都直。”

人老了，就喜欢唠叨。田外科和儿子聊的话题，不时会说到房子的问题。“我以后死了，也要死在老家的房子里，看到那么宽敞的房子，我就是在下面也会笑很久。”田外科拍着老婆的后背，对孩子们说。田望山他们知道，当年他们还小的时候，房子还没建，一家子挤在同一张床上。阿姆睡在最外面，因为她每天要第一个起床忙家务。她的后背没办法全部睡在床上，有一小半是在腾空在床外。久了，后背在床沿上勒出一条痕。到了天气变化的时候，那条痕就酸痛。

“我不喜欢睡木板床。”田外科的老婆说。田外科跟孩子们说，当年他给老婆买的第一个礼物就是一张床垫。“你阿姆说，我终于可以把整个后背放在床上了。那天晚上，她在床上翻来翻去，高兴得像个孩子。”田望山的母亲去世之后，田望山兄弟给她烧了一套纸房子，各种家具齐全。把她的灵位送回村里宗祠的时候，在宗祠门口，田望天带来一张高级床垫，直接烧了。“阿姆，到了那边，你睡在床垫上，你的后背就不会疼了。”一句话，让田望山兄弟三个大男人号啕大哭。

田外科夫妻的死亡有点出乎孩子们的意料，他们在两年内相继去世，都是癌症，一发现已经就是晚期。他们都死在医院里，尽管田外科强烈要求把自己送回老家，他想死在自己亲手建的房子里，可是三兄弟都无法做出决断。“如果你们真的孝顺，看我差不多了就送回去，别像你阿姆，我都不知道她是否找得到回家的路。”田外科几次交代，但当他的病发作之后，孩子们的选择依然是把他送进医院。

“送回老家就意味着中断治疗，就是等着办丧事，这决心残忍而且痛苦，没有谁做得出决定。”办完田外科的丧事。三兄弟坐在老家的房子里，泡着老家的茶，长吁短叹，“孝顺孝顺，我们都没顺，我们是否就是不孝？可是父母还没到最后关头就放弃治疗，是否是更为不孝？”他们像拐进了一个圈，绕来绕去都绕不出去。

"所以，我要让父母有一个宽敞的家。"田望天说宗祠就像一个村子，大家都在里面，热闹是热闹，可是拥挤，还是把老家的房子改成宗祠。"是我们这一脉的宗祠，就像是让父母从集体宿舍搬出来，有属于自己的房子。"田望天的说辞直接进入两个哥哥的内心，他们今天就是回来实地察看如何修改的，他们觉得宗祠就要与众不同，要和正常的民居有所不同，他们看过的宗祠都具有独特的标志一般。

罗则同和田望山兄弟喝了好几泡的田背香，话自然说了一串一串。田望山兄弟答应，删繁就简，房子的外观不做修改，不会影响望月岭民居的整体风格，他们只是在屋内加一个香案，把父母和爷爷奶奶的灵位请过来放在上面，逢年过节回来烧香祭拜，就像几个老人住在里面，大家抽空就回来看看老人。"我父母肯定支持我们这么做，他们一辈子善良，不希望被别人指指点点。"罗则同松了一口气，如果迟一步，等他们改造完成了，就麻烦了。他觉得，自己的嗅觉还是不够灵敏。

"农村工作，嗅觉一定要灵敏，一有风吹草动，工作就要贴上去。做在前头，也许就很简单，跟在后面追鹿，费劲还做不好。"田背村没有鹿，追鹿是本地口语，意思就是跟在屁股后面。"亡羊补牢值得肯定，但为什么要等羊丢了才补？我们不能沾沾自喜。"罗则同带着田河水，去找罗建达。"一节甘蔗啃完了，另一节开始了。"罗则同念叨一句，他相信自己的牙口，只是不相信又如何，甘蔗还是得啃。

6

罗建达的事情比较复杂。当年罗建达爷爷流着羞耻的眼泪离开家乡。罗建达最后另娶他人，但因为心里一直住着原来的恋人，并且后来的老婆不是原住户，日子就过得不是很顺畅，坑坑洼洼。罗建达的爷爷批评儿子，大多数的日子都是白开水，哪里能天天都是高汤。话虽如此，但罗建达的父亲还是拐不过弯，只是他牢记对父亲的承诺，想尽办法赚钱，他要回老家建一栋房子，让父亲风风光光住进去。

罗建达父亲的愿望还没实现，就在一次外出打工的路上遭遇交通事故，夫妻俩同时身亡。当时罗建达才16岁。罗建达的爷爷哭不出声，他所有的眼泪都是往肚子里流。罗建达的奶奶把一堆纸房子在棺材前烧了，按照风俗拿着竹把打着棺材头，“房子都建好了，你们到下面就不用那么辛苦要建房子，好好享受吧。”哀乐声响起，现场有许多人流下眼泪。

罗建达属于负重前行。他的目标明确，完成父亲的遗愿，一定要在老家盖一栋房子。他当时对老家的感情复杂，属于既爱又恨。他认为是要在老家盖房子这个想法导致父母早亡，压垮了他的天空。他当时之所以在村里有人去世的时候，只是送了奠仪，不想回去，骨子底还是认为自己还没在老家盖好房子，每次回去都是接受一次村邻目光的施压。至于说爷爷奶奶去世可以用钱解决，那是另外的一种言不由衷。他不可能时时刻刻把真实的原因抖出来，那是一次次揭伤疤，鲜血淋漓，虽然伤口趋于愈合，但没必要时刻让人看到。

奶奶的丧礼让罗建达恍然醒悟，有些东西不是简单的非此即彼。他当时披麻戴孝在村邻门口下跪，让他的膝盖在很长的时间一直隐隐作痛。他拒绝贴任何膏药，这不是膏药能够解决的问题。奶奶的葬礼结束之后，他和爷爷曾经有过一次聊天。“孩子，有些东西不是你想切断就能切断的。没有哪一种刀能够如此锋利。也没有哪一种情可以如此坚韧。”爷爷的话让罗建达心头一惊，他知道这世界最懂自己的还是爷爷。罗建达原来的想法，既然故乡如此之痛，既然已经选择远离，那就让故乡越来越远，一直到哪天远成一片模糊的记忆。

罗建达记得父亲说过的话，要让爷爷在故乡站得很直。他的企业日益发达，罗建达拿了一笔钱，回老家盖了一栋房子。这栋房子在望月岭最为高档。乔迁仪式那天，罗建达燃放了很多的烟花爆竹。他在祭拜祖先的时候，特别隆重下跪，告诉父亲自己已经完成了他的遗愿。“您可以安心了。”这是罗建达想对父亲说的一句话，他要让一直飘荡的父亲真正落地。

罗建达发达之后，有许多老家人前去找他：孩子要读书的、要在医院看病的、要求介绍工作或者要在他公司打工的，甚至是赌博被抓的，外出打架犯事的，事情有大有小，他们认为罗建达已经是知名企业家，许多事情都是举手之劳。“都是老家人，能帮就帮吧。”罗建达的爷爷说得有点无奈。罗建达看着爷爷，点了点头，他发现自己在理一团错综复杂的线，他渴望尽力把这团线理清楚，然后可以抽身而出。

罗建达热心、管用的名声日益响亮，更多的人前来找他。罗建达发现这团线越来越大，理起来力不从心，更为关键的是自己内心颇为不爽。给罗建达招来骂声最多的不是什么大事：邻村有个货车驾驶员，超载被查获，那个驾驶员给罗建达打电话想让罗建达帮忙疏通关系。其时罗建达正和一重要客商谈笔业务，把手机掐了，发了短信说稍等联系。那个人连续挂了两次电话，罗建达都没有接电话。等罗建达和客商谈完业务，便赶快回电话，没想到那驾驶员接通电话就火气很大地说因为罗建达没有及时接电话，自己超载的行为已经被处理，被罚款500元。罗建达很是无语，耐住性子解释，后来说要不然这500元我转给你。没想到那驾驶员火气更大，说罗建达不帮也就算了，还拿钱压人。500元自己又不是出不起，只是很没面子而已，说完不等罗建达接腔，愤愤地把电话挂了。

后来该驾驶员回村，到处传播，说罗建达有了钱就是不一样，想拿钱砸人。刚好有另外一个人，因为赌博被治安处罚，找罗建达借钱，罗建达认为不能助长赌博行为，而且这个人之前已经用其他几个理由找罗建达借钱，都是一去不复返，罗建达就没有借给他。这个人和被罚的驾驶员互为印证，说罗建达的不是。因为这两个人开头，罗建达便好像开始被放置在显微镜下放大观察，有关罗建达的不足被逐一梳理，相关言论也就传播开来。

罗建达的爷爷无奈叹息，说："我知道你的心思，但无论如何，要忍到我死后。"罗建达想去理这团线，也是因为爷爷，他没有多说。罗建达爷爷去世那天，罗则同和罗科人等人上门，罗建达爽快答应当丧事限制燃放烟花爆竹的"出头鸟"，大家认为罗建达大气，顺应潮流，只有罗建达自己清楚，限制燃放烟花爆竹的倡议何尝不是自己渴望的台阶，属于典型的打瞌睡捡到枕头，自己只是顺势而为。罗建达答应自己带头，他知道在心里，自己已经开始挥刀。爷爷是自己和这个乡村最重要的牵连，当时因为爷爷，他和这个乡村无法割断，许多事情也参与其中，其中很难理顺是自己的意愿或者被人推动，但爷爷肯定是其中的重要因素。如果爷爷这条线挥刀而断，那自己就没有羁绊，可以按照自己的意愿飞翔。

罗则同找到罗建达，罗建达泡茶，田背香的滋味很好，罗建达已经习惯。"我知道您的意思，没问题，我可以带头，您看怎么处理合适就怎么处理。我肯定要支持您的工作，支持村里的工作。"罗建达直接表态，"外立面改造可能还不彻底，别到时候搞成四不像，最为直接的就是拆了，就说我当时这个没有报批，属于违章建筑，直接拆除，既解决了风格统一问题，又可以敲山震虎，杀鸡儆猴，我来当这只鸡。"田河水嘴巴微张，不相信事情如此顺利。罗则同举起一杯田背香："敬你，你有这个态度，对于解决问题非常有利，至于如何解决，我们具体考虑沟通，探讨一个最佳方式。"两个人碰杯，以茶代酒，干了一杯，后来的谈话就天南海北，没有太多实质内容。

从罗建达家出来，田河水很不理解，罗建达如此爽快，为什么罗则同不顺势而上，立即明确说要如此处理，而是要放缓节奏，强调要再沟通协调。"事情没有那么简单。"罗则同说了一句，打电话给陈一关，把情况原原本本说了。陈一关正好跟吴高仁在一起，听了罗则同的话，让罗则同赶过去。罗则同到了的时候，重新谈起这话题，吴高仁笑笑：“望闻问切，诊断一下？什么症状。”陈一关笑答：“脐带问题。”两个人相视而笑。

陈一关说罗建达的爷爷一死，罗建达已经想剪断脐带。“这不会是一个个例，要慎重处理。”吴高仁收起笑容，“乡村振兴，是要让留下来的人开心，让在外的人同心，家乡就是风筝的坠子，我们不能干递剪刀剪坠子的活，也不能眼睁睁看着他们剪坠子无动于衷，脐带是他们自己剪的，跟我们无关。”

陈一关点头同意：“如果乡村振兴到最后，人都走光了，心都走远了，那还谈什么振兴。”三个人越聊越深入。“罗建达只是一条线，这样的线可能还不少，不能孤立看待。我请罗建达吃饭，聊聊。”陈一关提出看法。

“择日不如撞日，罗书记你约一下，我也参加。我们去村里吃。”吴高仁加了一句。

当天晚上，吴高仁他们三个人请罗建达吃饭，没有喝酒，只是喝茶，喝田背香。其间，吴高仁问了罗建达旗下有多少家企业，得知他已经有 30 多家企业，吴高仁举杯：“罗总企业日益增加，可喜可贺，为西水县走出去的企业家致敬，我敬您。”罗建达回应：“这田背香就是香，喝茶无数，还是这茶的味道最好。”四个人共同举杯。

“我会找最好的团队，让我房子的外立面改造最大限度地和周边环境风格相适应。我的家可以作为望月岭开发的一个点，民宿、办公地点或者文化活动中心，都可以，由村里决定，我都同意，无偿支持。”罗建达喝完茶，深深地吸了一口气。窗外有风吹过来，凉爽惬意。

7

望月岭民宿工程在有序推进，罗则同和望月岭所有的村民签了协议。村投公司包租望月岭民居30年，分期付款。望月岭所有民居的改造权都在村投公司手中，没有村投公司同意，任何人不得擅自变动。村民要自己使用，自住或者经营都可以，退回租金70%。

“我们是躺在自己家里，就有了收益。”村民很高兴。

“要村民高兴才能持续，村民要高兴就得有收益，我们千万不能干花瓶工程，看起来很美，但仅仅是摆设。”陈一关喝着田背香，乐滋滋地说。

“嗯，您有越来越浓郁的西水印记了。”罗则同笑说陈一关。

“我们都一样。不要五十步笑百步。”面对陈一关的回答，罗则同不苟同：“我们还真不一样，我是属于唤醒记忆，你是烙上印痕。”

两个人继续讨论民宿话题。内部是可以改造的，罗则同坚持一个观点。罗建达笑话有的民宿，粗糙得不得了，挂着体验乡村味道的旗号，说是原汁原味，房间里要么没有卫生间，要么隔音很差。一泡尿分成几段，楼下的人都听得清清楚楚，谁来体验？

乡村味道是唤醒记忆里的东西，是一种综合性的感受，不是简单地放几颗石头，摆几张桌子就是乡村。他们把乡村简单地符号化了。“就像小学老师的简笔画，用两三笔画只耗子或者花瓶，看起来是那么回事，但没有真正的味道。”罗则同说得更直接。

陈一关说起一个事。有几个人到某地体验民宿，一个人一个房间。开始的时候很兴奋，到半夜，有个女孩子看着窗外黑黝黝的树林，风一吹，树林哗啦哗啦响，山影好像在变化。诗意没有了，女孩子突然想起奶奶说的鬼故事，越想越害怕越睡不着，就爬起来想跑到同伴的房间。那房间也是保留原有样式，木门，单边门闸是木塞，木塞一边大一边小，要关门的时候，朝大的方向推，开门的时候，反方向用力。女孩子一紧张，方向反了，门闸打不开，女孩子感觉后背凉飕飕的，像有一只手在抚摸后背，她哆嗦嗦地打通电话，放声大哭。同伴以为出了什么事，紧张得要命，门又打不开，后来从隔间的窗户爬进来。

“所以，细节很关键。就像那些灯，以前是煤油灯，但如果现在真正来盏煤油灯，放一盒火柴。风一吹，影影绰绰或者干脆就灭了，人对陌生环境本身就有排斥和潜在的恐惧心理，这氛围，加上看鬼片或者网络小说的感觉，那份恐惧，不把人吓跑才怪。”陈一关让人把所有的煤油灯都换成电灯，不过，保留煤油灯的造型，火柴换成开关。一拉，啪的一声，煤油灯造型的电灯亮了。

“细节很关键。用心更重要。”罗则同对田河水说：“千万不能想当然，游客是来体验的，他们要么图新鲜要么找记忆，要真正把握住他们的心理。”

陈顺意的直播团队经常来望月岭开展直播活动。他们抓住细节，一间房子一张雕花的老式床或者一扇窗一个门锁，他们从不同的角度解读，讲故事，评论区很热闹。中老年人是回忆，年轻人是新鲜。“要找到几代人都能关注的点很不容易。”罗则同夸陈顺意。一间老房子，上了年纪的人可能就是眼泪，是伤痛，也会有欣慰。对于年轻人，就是传说，是故事而已。

在望月岭边上，罗则同让村民在地里种菜。这些菜不施化肥，全部施用收集来的农家肥。也不使用农药，罗则同买来烟丝，泡水，用这些水浇菜，虫子就无法生存。陈顺意的直播让年轻人非常感慨，原来除虫还有这样的神操作。

“到时候可以让游客直接带菜回家，我们还要在菜园子里安装摄像头，让游客认养。他们在家里可以看到自己种的菜如何，有时间就带着孩子来劳动，除草、摘菜。一块菜地，可以让他们来往多次。”陈顺意在直播里反复发动。“在远方，有一块您家的专属菜地”的话题很热闹。

罗则同让村投公司大量收集各种农具和以前农家生活的生活用具。“民宿不仅仅是住一两个晚上，我要让不同的人看到不同的东西唤醒他们的记忆。即使没有记忆，也要刻上记忆。”罗则同很有信心。

田小草旧居的修缮已经完成，村史馆的布置也差不多了，田一归、田奇水和田小草等村庄的片段在不同的位置闪烁。村庄也是需要记忆，一个村庄没有历史，就是断裂的。

唐少娜的团队多次来到望月岭。望月岭、得月楼，这本身就是很好的点。现在开发一定不能单打独斗，要能联合作战，串点成线。唐少娜和罗则同在聊两地互相引流的事情，罗则同让唐少娜和罗建安直接对接。“我最终是要离开田背村的，归根，但不一定是叶落。”

唐少娜要把得月楼开发成村民的休闲活动中心。“土楼是壳，但要有自己的韵。”陈一关看了罗则同一眼，罗则同笑笑：“所见略同。”唐少娜狐疑地问：“猜什么谜语？”两个人都摇摇头。唐少娜只好转移话题，谈及当天他们进驻，有几个村民靠得很近，开始唐少娜以为他们要阻挡施工，后来发现他们只是来发表感慨。

听了这几个村民有点七嘴八舌的叙说，唐少娜才知道之前村里另有一处土楼，虽然破旧，但依然还在，当地村民把土楼拆了，复垦。如今在那块地上，几十棵果树长势不错，但土楼也永远消失了，也许一段时间之后，没有人记得这块地上曾经有座土楼存在。“同楼不同命。”这几个村民非常感慨。“同人都不同命，何况一座房子。再说了，不是所有的旧房子都有保护价值。就像有些文物是瓶瓶罐罐，但不是所有的瓶瓶罐罐都是文物。”唐少娜听完，岔开话题。

陈一关和罗则同以及唐少娜围绕老房子聊得火热。陈一关接到吴高仁电话。“尘埃落定。”吴高仁只是一句话，陈一关知道事情已经有了结局。“好，继续并肩。”陈一关也是一句话。陈一关转身对罗则同说：“这次我可以坦诚面对嫂子，我不是把你拉来然后自己转身离开。”罗则同听得云里雾里。

“我从挂职转任职。”陈一关一句话，让罗则同有点意外。“我想逼自己一把，断绝临时心态，我现在从临时工转长期工了，看看能否为这块土地多做些什么。”罗则同突然有点不好意思，就在刚才他还让唐少娜和罗建安对接望月岭民宿经营问题。

“高见就是高见，我还是不如你。”罗则同握住陈一关的手，很有感触。罗则同知道吴高仁和陈一关有关“高见”“低音”的调侃。

“以后就是在低音部发声，希望能奏出属于自己的节奏和频率。”陈一关从望月岭看向对面山坡，树木郁郁葱葱，很有生机和希望。他吸气，呼气，“走，出发。”陈一关叫上小鲁，上车而去。

“加油。”罗则同攥紧拳头，低声说道。